SCHERZ

Ilse Gräfin von Bredow

Mein Körper ist so unsozial

SCHERZ

Der Titel dieses Bandes entstammt dem Gedicht
»Siebenmal mein Körper« von Robert Gernhardt.
Zitiert mit freundlicher Genehmigung aus:
Robert Gernhardt, ›Gesammelte Gedichte‹, S. 223.

MIX
Papier aus verantwortungsvollen Quellen
FSC® C006701
FSC
www.fsc.org

Erschienen bei FISCHER Scherz

Satz: Dörlemann Satz, Lemförde
Druck und Bindung: CPI books GmbH, Leck
Printed in Germany
ISBN 978-3-651-00062-9

Inhalt

1 Mein Körper ist so unsozial 7

2 Abenteuer Alter 15

3 Singe, wem Gesang gegeben 27

4 Der innere Schweinehund 37

5 Immer enger, leise, leise 47

6 Dieser Hund! 61

7 Schnell und wendig 71

8 Unverhofft kommt oft 87

9 Die Grindelhochhäuser 95

10 Der Single 109

11 Mein Herzenswunsch 121

12 Die Christel von der Post 131

13 Eine Familiengeschichte 139

14 Das Gewohnheitstier 159

15 Helfende Hände 173

16 Nachwort 183

1 Mein Körper ist so unsozial

Sie denken, mit zunehmendem Alter wird das Leben vielleicht nicht leichter, aber ruhiger und friedlicher. Vergessen Sie's! Die Zeit vergeht in immer schnellerem Sauseschritt, und wir Alten keuchen hinterher, damit wir wenigstens einigermaßen mit dem uns mehr oder weniger aufgezwungenen technischen Fortschritt mithalten können und nicht am Ende alles durcheinanderbringen, so dass die Eier in der Tiefkühltruhe landen, aus deren Innerem die Nationalhymne zu hören ist, wenn wir den Deckel heben, deren Text wir aber leider vergessen haben. Während es sich die Bestecke im Kühlschrank zwischen den Apfelsinen gemütlich machen, ist es durchaus möglich, dass wir fertigbringen, unseren kleinen Liebling, den Wellensittich, in die Mikrowelle zu packen, damit er wenigstens einmal im Leben Karussell fahren kann. Sie wissen ja, alles ist möglich, wenn auch nicht sehr wahrscheinlich, denn, was die Phantasie betrifft, sind wir in Hochform, ja, manche unter uns bekommen es sogar fertig, sich ihr Paar Schuhe täglich neu zusammenzustellen: rechter Fuß Pumps, linker Fuß Pantoffel, was die Jugendlichen »supercool« finden. Auch der neu erworbene Fernseher gibt uns unlösbare Rätsel auf, ebenso wie die uns monatelang verwirrende Ankündigung der Umstellung von analogem auf digitalen Empfang. Dazu hätte in meiner Jugend auf dem Lande unsere Nachbarin die Achseln gezuckt und gesagt: »Is mich alles eins. Hauptsache, die Hühner legen.« Allerdings ging es damals, Anfang der dreißiger Jahre, mehr darum, welcher Flagge man den Vorzug geben sollte. Aber hier geht es um zwei Begriffe, die für mich trotz wiederholter Erklärungen in Presse und Fernsehen böhmische Dörfer bleiben. Wenn ich jemand, der mir fachkundig scheint, um Aufklärung bitte, ernte ich ein mitleidiges Lächeln. Doch die dann gütig erteilte Auskunft bringt mich auch nicht weiter. Immerhin habe ich begriffen, dass, wer Kabelanschluss hat, sich um nichts kümmern muss. Und tatsächlich, trotz meines alten Gerätes hat sich für mich nichts geändert.

Ganz anders bei einer Freundin. »Das Erste ist weg«, klagt sie fast schluchzend am Telefon.

»Das ist ja ein Ding«, sage ich in meiner Begriffsstutzigkeit. »Sind die pleite oder was?«

»Sei nicht albern«, sagt meine Freundin unfreundlich. Im Gegensatz zu mir hat sie einen nagelneuen Fernseher, röhrenlos mit Flachbildschirm und Hunderten von Möglichkeiten. Und sie hat ebenfalls wie ich einen Kabelanschluss. Meinen fachkundigen Rat, jemanden zu beauftragen, der ihr den richtigen Kanal einstellt, verhallt. Sie hat aufgelegt. Einen Tag später erzählt sie mir, dass ein Fachmann gekommen und nun alles in Ordnung sei. Aber, wie sie beteuert, hat sie das eine Menge Geld gekostet. Im Laufe der nächsten Tage häufen sich die Hiobsbotschaften. Bei dem einen ist Phoenix unauffindbar, bei dem anderen SAT1. Ich gebe meinem alten Fernseher einen leichten Klaps. »Siehste«, sage ich, »wie gut, dass ich mir ein Zusatzgerät gespart habe.«

Aber das sind alles Bagatellen gegen das, was uns der Körper täglich bietet, mit dem wir jahrelang sehr viel sorgloser umgegangen sind als jetzt mit all dem technischen Kram. Hat man hier einmal auf den falschen Knopf gedrückt, muss man damit rechnen, dass es für das zwei Jahre alte Gerät kein Ersatzteil mehr gibt. Das ist das Merkwürdige an unserer Zeit. Nur um das Wachstum zu beschleunigen, landet anscheinend alles schnell wieder auf dem Müll. Ganz anders der Mensch, der anscheinend gar nicht alt genug werden kann. Im Gegenteil, die heutige Generation ist darauf aus, uns im Alter noch zu überflügeln und trainiert ihren Körper deshalb schon rechtzeitig dafür, was früher bei uns nicht so in Mode war, und schon gar nicht im Krieg. Kein Wunder also, dass unser Körper am Schluss des Lebens noch einmal so richtig zupackt und damit zeigt, wer hier jetzt der Bestimmer ist.

Während ich meine Hände eincreme, stelle ich plötzlich fest, dass der Zeigefinger der rechten Hand nun ebenso wie der linke den Kopf gebeugt hält und dass der Ringfinger seinen Dienst verweigert, so dass sich meine Ringe nicht mehr abstreifen lassen. Eben noch bin ich forschen Schrittes durch den Park marschiert, da signalisieren mir plötzlich meine Beine, Schluss mit lustig, und zwingen mich, die nächste Bank anzusteuern. Sie empfängt mich nicht gerade freundlich, sondern der Jahreszeit entsprechend äußerst kühl, was wiederum anderes in meinem Körper in Aufruhr bringt. Am nächsten Tag dagegen geben mir die Beine das Gefühl, dass ihnen so etwas wie Schlappmachen völlig fremd ist. Dafür beklagt sich mein rechtes Knie über das flotte Tempo. Doch wie wir wissen, soll man den Tag nicht vor dem Abend loben. Wer heutzutage den Bürgersteig wechseln will, tut gut daran, sich vorher umzudrehen, ob nicht gerade ein Radfahrer zum Überholen ansetzt, der, was das Tempo betrifft, sein Gefährt mit einem Porsche verwechselt. Ich drehe mich also um, und mein Körper lässt mich unerwartet Karussell fahren, so dass ich an einem geparkten Auto Halt suchen muss. Als ich einer Nachbarin, der sich andere Interessierte zugesellen, diese Leidensgeschichte erzähle, sind sofort mehrere Diagnosen und Ratschläge zur Hand, denn schließlich sind wir allesamt durch die vielen medizinischen Berichte in der Presse allmählich selber halbe Ärzte und benutzen fehlerfrei die am schwierigsten auszusprechenden medizinischen Fachwörter. Ich selbst, hier der »Patient«, habe allerdings nicht für möglich gehalten, wie viele Ursachen so ein kleines Missgeschick, wie es mir passiert ist, hat. Ein zu hoher oder ein zu niedriger Blutdruck, die Halswirbel, die Bandscheiben, Rheuma, Arthrose und vieles andere. Dabei liegt die Antwort auf der Hand: Es sind die Jahre. Das Alter kommt nun mal auf seine Weise und für jeden anders. Es ist also müßig, wie man es gerne tut, alle Alten über einen Kamm zu scheren, womöglich noch mit dem Hinweis: »Andere sind viel kränker als du und kommen trotzdem zur Konfirmation, Hochzeit, Taufe« oder zu sonst was. Nur der inzwischen verstorbene Autor Robert Gernhardt hat für mich in seinem Gedicht »Siebenmal mein Körper« den Nagel auf den Kopf getroffen: »Mein Körper ist so unsozial. Ich rede, er bleibt stumm. Ich leb ein Leben lang für ihn. Er bringt mich langsam um.«

Es gäbe noch viele Geschichten zu erzählen, was der Körper im Alter mit uns treibt. Besonders nachts habe ich zum Beispiel manchmal das Gefühl, dass sich sämtliche Organe auf dem Kriegspfad befinden und Dinge tun, die sie sich am Tage nicht trauen.

Aber außer immer zahlreicheren körperlichen Zipperlein wird mit zunehmenden Jahren auch unser Redebedürfnis größer. Deshalb sind wir dankbar, dass in der heutigen Zeit viel Gerede über nichts und alles wieder sehr in Mode ist. Jeder, mich inbegriffen, scheint sich verpflichtet zu fühlen, zu allem, was er hört und sieht, seinen Senf dazuzugeben. Dabei hieß es noch in meiner Jugend – lang, lang ist's her – »Reden ist Silber, Schweigen ist Gold«. Sobald wir Kinder, wie es hieß, Quasselwasser getrunken hatten, bekamen wir diesen Spruch zu hören. Und wenn meinem schweigsamen Vater unser vieles Geplapper, an dem sich meine Mutter gern beteiligte, zu weit ging, bekamen wir die Geschichte zweier Onkel aufgetischt, die gemeinsam einen Spaziergang durch Wald und Heide machten. Nach einer halben Stunde tiefen Schweigens deutete der eine auf einen Storch, der sich auf einer Wiese die Frösche schmecken ließ, und sagte: »Da ist ein Storch.« Nach einer weiteren halben Stunde, nun bereits auf dem Rückweg, kamen sie wieder an dieser Wiese vorbei, und der zweite Onkel sagte: »Und da steht noch einer.« Zu Hause angekommen, konnten sie gar nicht genug beteuern, wie prächtig sie sich unterhalten hatten. Während mir diese Geschichte einfällt, habe ich gleich wieder die Stimme meiner verstorbenen Schwester im Ohr: »Haste schon mal erzählt.«

2 Abenteuer Alter

Hin und wieder schmökere ich in alten Büchern, die ich als Kind gern gelesen habe. Selma Lagerlöfs »Nils Holgerssons wunderbare Reise« oder Mark Twains »Tom Sawyer«. Der Einfallsreichtum dieses Jungen würde ihm in der heutigen Zeit eine blendende Karriere versprechen. Schon allein, wie er es fertigbringt, die ihm von seiner Tante verpasste Strafarbeit, nämlich am Sonntag den Zaun zu streichen, in ein wunderbares Hobby zu verwandeln, so dass die an dem Zaun vorbeischlendernden und eben noch spottenden Klassenkameraden plötzlich ganz versessen darauf sind, ihm diese Arbeit abzunehmen und auch noch dafür bezahlen müssen, ist beispielhaft. Von allen diesen Büchern ist es aber Robinson Crusoe, dessen Erlebnisse mich im hohen Alter immer noch begeistern können. Die Geschichte dieses jungen Abenteurers, der sich, nachdem sein Schiff in einem Orkan auf Grund gelaufen ist, als Einziger auf eine felsige Insel retten kann und dort achtundzwanzig Jahre verbringen muss, ist mit Weisheiten gepflastert, die auch heute noch gelten, so der Spruch: »Jähe Freude, jäher Schreck raffen selbst den Stärksten weg.« Seine Erfahrung, die er vor dreihundert Jahren machte, kennen auch wir, nämlich, dass Geld manchmal nicht mehr Wert hat als Sand unter den Füßen und auch die kostbarsten Schätze wenig helfen, wie der Reichtum der Inkas in Peru sie nicht vor den Spaniern retten konnte.

Dummerweise habe ich die Angewohnheit, wenn ich mich für ein Buch begeistere, andere damit zu öden. »Was für ein Theater um dieses Buch«, bekomme ich zu hören. »Und was du dir da so an Gemeinsamkeiten herauspickst zwischen einem auf sich gestellten jungen Spund und dir. Du fühlst dich ja geradezu mit ihm seelenverwandt. Eins hast du ihm zumindest voraus: Du kannst deine Rederitis an uns auslassen. Dein neuer Freund musste sich mit einem Papagei begnügen.« Ich höre mir die Kritik an und beschließe, wieder mehr die Kunst des Zuhörens zu üben.

Aber noch einmal zurück zu Robinson Crusoe. Er gerät, wie wir Alten, in Situationen, die er nie für möglich gehalten hat. So etwa, als durch ein Erdbeben seine in Monaten mühsam geschaffene Unterkunft zusammenbricht. Mit den Naturgewalten hat natürlich unsereins weniger Probleme. Die erleben wir nur noch im Fernsehen, wo uns Windhosen, Orkane und auch Erdbeben sehr anschaulich vorgeführt werden. Unsere Fenster lassen sich gut schließen, und die Heizung können wir höherstellen.

Mir setzen jetzt im hohen Alter andere Dinge zu, die mir mein griesgrämig gewordener Körper täglich neu beschert und die ich meistern muss. Ihm geht alles zu schnell, kaum hat er sich mühsam an etwas gewöhnt, ist es kurz darauf schon wieder überholt. Robinson allerdings hatte andere Probleme, die mir erspart bleiben, nämlich von Kannibalen gefressen zu werden, zum Beispiel. Aber für jemanden wie mich, der früher verhältnismäßig fix war, ist das nur ein schwacher Trost. Ich muss nun hinnehmen, mit einer Schnecke verglichen zu werden. »Geht's nicht ein bisschen schneller, Tantchen?«

Während ich mich also im Zeitlupentempo durch meine kleine Wohnung bewege, klingelt das Telefon. Besuch sagt sich an. »Tantchen, wir müssen dir unbedingt unsere Wohnung zeigen«, sagt eine vergnügte Stimme. »Etwa in zehn Minuten sind wir bei dir und holen dich ab.«

Zehn Minuten! Ich gerate in Panik. Wie soll ich das nur schaffen! Ich muss mich umziehen und meine Brille suchen, die sich wieder auf Reisen befindet. Außerdem zeigt mein rechtes Hörgerät durch dumpfes Pochen an, dass die Batterie dringend ausgewechselt werden muss, ein Vorgang, den meine steifen, ungeschickten Finger hassen, und wie vorauszusehen, klappt es auch nicht. Die Batterie fällt auf den Boden, und die Sucherei nach ihr beginnt. Man glaubt es nicht, wie weit so ein Winzling rollen kann, und grundsätzlich in eine völlig andere Richtung, als man vermutet. Auch sonst ist noch so viel zu bedenken! Aber wie meist im Leben ist alles halb so wild. Die Jugend von heute nimmt es nicht mehr so genau mit der Pünktlichkeit. Aus den angekündigten zehn Minuten werden zwei Stunden.

Während ich mich mit der jungen Ehefrau bereits auf den Weg zum Auto begebe, sieht sich der Ehemann fürsorglich noch einmal in der Wohnung um, ob die Herdplatten abgeschaltet und die Fenster geschlossen sind. Im Auto frage ich ihn: »War alles in Ordnung?« Er nickt. »Alles okay. Nur der Deckel der Tiefkühltruhe stand mal wieder offen.«

Es stimmt, das Leben steckt voller Überraschungen, besonders im Alter. Eben noch war In-die-Hocke-Gehen kein Problem, und plötzlich komme ich nicht mehr hoch. Das rechte Handgelenk streikt beim Brotschneiden, und der Daumen ist schmerzhaft angeschwollen. In solchen Momenten tröste ich mich und sage mir, wenigstens herrscht in deinem Kopf noch einigermaßen Ordnung. Allerdings war schon in jungen Jahren mit meinem Gedächtnis nicht viel Staat zu machen. Aber Gott sei Dank wird heute Vergesslichkeit sehr toleriert, es sei denn, man vergisst Kinderwagen samt Kind bei strömendem Regen im Park. Um ähnlichen Katastrophen vorzubeugen, trainiere ich täglich meine mentale Fitness. Die Übungen sollen mein Gedächtnis nicht nur auf Trab bringen, sondern sogar wesentlich verbessern. Da gibt es Übungen für die Konzentration, für die Ausdauer und für die Kreativität. Dummerweise brauche ich sehr lange, bis ich die mir gestellten Aufgaben überhaupt begriffen habe. Auch lässt meine Ausdauer zu wünschen übrig. So werde ich wohl nie in Günter Jauchs Fußstapfen treten können, der laut Umfrage zu den intelligentesten Deutschen gehören soll. Allerdings beruhigt mich sehr, dass viele junge Menschen sich in der gleichen Lage wie ich befinden und schon am Anfang ihres Lebens mehr als schusselig sind.

Diese Feststellung machte ich mal wieder, als mich der Urenkel einer Freundin besuchte. Es war ein sehr gelungener Nachmittag, in dem der Fünfzehnjährige mal so richtig loslegen konnte, ohne ständig von seinem zwei Jahre älteren Bruder gedeckelt zu werden. Wie er mir erzählte, hatte er im Internet die Bekanntschaft einer coolen Band gemacht, mit der er sogar in den Sommerferien quer durch Schweden gereist war. Seine Schilderungen waren äußerst detailliert, besonders wenn die Sprache auf eine gewisse Mausi kam, was mich wiederum sofort an seinen Vater erinnerte, der mir etwa im Alter seines Sohnes mit derselben Genauigkeit ein Mädchen namens Rotraud schilderte, die sein älterer Bruder zu seiner großen Wut grundsätzlich nur Rotkraut nannte. Während ich darüber noch still in mich hineinlächelte und wieder mal wehmütig dachte, wo sind die Jahre geblieben, hatte er das Thema gewechselt und fragte: »Sag mal, Tantchen, hast du eigentlich noch ein Grammophon?«

»Durchaus möglich«, sagte ich. »Es müsste auf dem Boden stehen. Du kannst es gern haben.«

Er bedankte sich überschwänglich und rief: »Ein Grammophon, das ist der Hammer. So etwas hat keiner in meiner Klasse.«

»Ich gehe gleich mal gucken«, sagte ich und erhob mich ziemlich steifbeinig. »Ich bin gleich wieder zurück.«

»Klasse«, rief er. »Alte Jazzplatten gibt es zu Haus noch stapelweise.«

Wie üblich war der Fahrstuhl gerade unterwegs nach unten. So beschloss ich kühn, die Treppe zu nehmen. Komisch, vor vierzehn Tagen hatten mir die Stufen gar nichts ausgemacht. Doch diesmal gebärdeten sich meine Beine, als wollte ich sie zwingen, den Mount Everest zu besteigen. Ich musste mich förmlich am Geländer hochziehen. Als ich ziemlich außer Atem die letzte Stufe bewältigt hatte, war ich sehr erleichtert, kam aber gleichzeitig ins Grübeln. Was wollte ich bloß hier oben? Bestimmt nicht durch das Flurfenster im achten Stock die Aussicht genießen. Es dauerte eine ganze Weile, bis mir der Grund einfiel: Richtig! Das Grammophon! Dummerweise konnte ich mich nun wieder nicht daran erinnern, auf welcher Flurseite meine Bodenkammer lag. Und deren Nummer fiel mir auch nicht ein. Nach einigem Herumgesuche ließ sich mein Gedächtnis gnädig herab, mir die richtige Nummer zu nennen. Dass es wohl doch die falsche war, merkte ich erst, als meine ungeduldigen Finger vergeblich versuchten, Schlüssel und Schloss in Einklang zu bringen. Finster betrachtete ich mir den Schlüssel, und dann fiel mir plötzlich ein, die Nummer war richtig, der Schlüssel war falsch. Das zu ihm passende Schloss gab es nicht mehr. Vor zwei Wochen war nämlich auf dem Boden eingebrochen worden, und das Schloss musste erneuert werden. Was ich da in der Hand hielt, war der alte Schlüssel. Und dann fiel mir ein, dass es auch das so brennend gewünschte Grammophon nicht mehr gab. Einer der Einbrecher hatte daran Gefallen gefunden. Zu dumm aber auch!

Ich sah auf die Uhr und erschrak. Fast eine Stunde gurkte ich hier schon herum, mein Gast würde sich bestimmt schon Sorgen machen. Aber dieser Gedanke war überflüssig. Mein junger Besucher hatte mich keineswegs vermisst. Er war ganz mit seinem neuen Handy beschäftigt und exerzierte alle Möglichkeiten mit ihm durch. Meine lange Abwesenheit war ihm anscheinend überhaupt nicht aufgefallen. Begeistert begann er, mir jede Neuerung dieser Erfindung zu erklären.

»Tut mir leid«, sagte ich, »dass du so lange warten musstest. Das Grammophon gibt es leider nicht mehr. Es ist geklaut worden.«

Verdutzt sah er mich an. »Was'n für'n Grammophon?«

Wie schön, dass es zwischen Jung und Alt noch viele Gemeinsamkeiten gibt, und an erster Stelle – die Vergesslichkeit!

In dieser Woche gaben sich die Gäste förmlich die Klinke in die Hand. Zwei Tage später erschien ganz aufgelöst Cousine Irmgard. Mit ihr gibt es immer reichlich Gesprächsstoff, denn wir waren im selben Internat gewesen und sogar zur selben Zeit. Doch diesmal musste sie erst etwas loswerden, womit sie im greisen Alter überhaupt nicht gerechnet hatte: Sie war durch eine Erbschaft sozusagen über Nacht eine wohlhabende Frau geworden. Ich gab ihr den Rat, möglichst wenig davon in der Familie zu erzählen, sonst werde sie bestimmt gleich angepumpt. Irmgard ist ein höflicher Mensch und wollte auch mich mal zu Worte kommen lassen. So wechselte sie das Thema und fragte mich nach einer gewissen Rosi. »Keine Ahnung«, sagte ich. »Muss ich die kennen?«

»Du warst im Internat mit ihr auf einem Zimmer, und ihr wart dicke Freundinnen.«

Manchmal ist Irmgard etwas anstrengend, weil sie plötzlich Menschen ins Spiel bringt, von denen ich nie gehört habe. Eine gewisse Ermattung war mir wohl anzumerken. Jedenfalls stand sie auf, sagte »na dann«, und verabschiedete sich. Während sie den Mantel anzog, schien ihr noch etwas einzufallen. Als sie nach ihrer Handtasche griff, fragte sie mich: »Wie geht es eigentlich diesem jungen Mann, mit dem du dich so seelenverwandt fühlst? Von dem hast du mir doch das letzte Mal so viel erzählt. Ich glaube, er hieß Robin oder so ähnlich.«

Ich überging freundlich diese merkwürdige Frage und gratulierte ihr noch einmal herzlich zur Erbschaft. Als sie gegangen war, zerbrach ich mir den Kopf, wen sie meinen könne. Wo sollte ich einem Herrn mit Vornamen Robin begegnet sein? Arme Irmgard, sie brachte mal wieder so manches völlig durcheinander. Und zum Abschluss hatte sie mir noch gute Besserung gewünscht. Für was bloß? Vielleicht meinte sie nicht Robin, sondern Rudolf, mit dem ich vor zig Jahren mal einen unbedeutenden Flirt hatte. Von einer Seelenverwandtschaft konnte weiß Gott keine Rede sein. Armes Cousinchen. Das Alter machte ihr doch schwer zu schaffen. Wahrscheinlich hatte sie die unerwartete Erbschaft, die ihr so plötzlich in den Schoß gefallen war, verwirrt. Und gleich gab mein Gedächtnis den passenden Spruch dazu: »Jähe Freude, jäher Schreck, raffen selbst den Stärksten weg.« Mit Sprüchen ist mein Langzeitgedächtnis gut gefüllt. Aber leider, leider war mir entfallen, woher dieser Spruch stammte.

3 Singe, wem Gesang gegeben

Vieles, was in meiner Jugend noch gang und gäbe war, ist inzwischen aus der Mode gekommen, was wir Alten, soweit es den technischen Fortschritt betrifft, allerdings sehr begrüßen. Wir müssen nicht mehr Öfen mit Holz und Kohle füttern oder Wäsche auf dem Waschbrett porentief rein rubbeln, wir müssen nicht mehr in Holzpantinen herumlaufen und unsere alten Schultern mit bleischweren Wintermänteln plagen. Aus der Mode gekommen sind auch das Briefmarkensammeln, die Spucknäpfe auf den Bahnhöfen und das Wort »Sommerfrische«, jetzt Urlaub genannt. Verschwunden ist das einstige Heiligtum, die sogenannte »gute Stube« mit Zierdeckchen, der Schale voll künstlichen Obstes und Familienbildern. Das Paradestück in der heutigen Zeit ist dagegen die mit allen technischen Möglichkeiten ausgestattete Küche, in der, ganz im Gegensatz zu unseren Vätern, die Ehemänner tätig sind und stolz den

Gästen ihre Kochkünste zeigen – sich allerdings hinterher mit dem Aufräumen schwertun. Den Kanarienvogel gibt es nur noch selten und den röhrenden Hirsch über dem Sofa, das man früher Kanapee nannte. Im Kinderzimmer hat die Ratte die einst so beliebten weißen Mäuse verdrängt. Nur Hund und Katze sind nach wie vor die beliebtesten Haustiere. Allerdings hat man es schwer, dem Auslaufbedürfnis einer Katze gerecht zu werden, denn alles, was in den Büschen piept und flattert, weckt ihren Jagdinstinkt. Doch im Gegensatz zu früher hat manch moderner Bürger für dieses Problem eine Lösung gefunden und spaziert mit der Miezekatze an der Leine durch die Gegend.

Die junge Generation kann nur darüber staunen, wie wir Uralten in unserer Kindheit die langen Winterabende verbrachten, nämlich mit Sticken, Stopfen, Stricken, Karten spielen, Lesen. Vor allem waren wir damit beschäftigt, für die Geburtstage der vielen Tanten und Onkel Geschenke zu basteln, so verlangte es die gute Sitte. Den Kopf schüttelt sie auch über unsere Angewohnheit, alles vielleicht doch noch eines Tages Verwendbare aufzuheben, vom Flaschenkorken bis zur unmodern gewordenen Bluse, vom angestoßenen Geschirr bis zum hinfälligen Mobiliar. Es ist für sie schwer nachvollziehbar und wird mehr als merkwürdig empfunden, dass man sich nicht von einem wackeligen Stuhl trennen will, nur weil er einer exzentrischen, aber großzügigen Patentante gehört hat, über deren Leben man Romane schreiben könnte. Der Nachwuchs hingegen trennt sich oft ungerührt von eben teuer Erstandenem, wenn es plötzlich nicht mehr dem Trend entspricht.

Vieles vermissen wir Uralten nicht, aber wir bedauern, dass auch so manche Familienbräuche verlorengegangen sind, wie die wenigstens einmal am Tage gemeinsam eingenommene Mahlzeit. Und wenn man es schließlich geschafft hat, alle an den Tisch zu bringen, geht jeder, noch auf dem letzten Bissen kauend oder die Stulle in der Hand, so schnell wie möglich wieder seinen Weg, lässt sich aufseufzend vor dem Computer oder vor dem Fernseher nieder oder eilt zu einer dringenden Verabredung. Auch die damals fast rituelle Frage jeder Mutter vor dem Essen: »Hast du dir die Hände gewaschen?« gerät immer mehr in Vergessenheit.

Ich selbst vermisse so manche praktischen Dinge und Gewohnheiten, zum Beispiel, dass man in den Schnellzügen nicht wie früher, wenn der Zug nur schwach besetzt ist, den gegenüberliegenden Sitz ausziehen und seine Füße darauf ruhen lassen kann und dass die Fenster nicht mehr zu öffnen sind. Ebenso fehlt mir in den Krankenhäusern die frühere Lüftungsklappe, die man gegen das Kippfenster ausgetauscht hat, was dazu führt, dass es wie Hechtsuppe zieht, wenn sich die Tür öffnet. Auch finde ich schade, dass es dort keine bestimmten Besuchszeiten mehr gibt. Denn immer dann, wenn der Patient, der mit einem anderen das Zimmer teilt, sich nach Ruhe sehnt, ist ihm diese nicht gegönnt, da die munter plaudernde Familie des Mitpatienten mit Kind und Kegel und sprudelnden Worten des unendlichen Mitgefühls das Zimmer betritt.

Was ich jedoch am meisten bedaure, ist, dass es den gutgelaunt und sangesfreudig vor sich hin summenden oder pfeifenden Bürger kaum noch gibt. Auch die Mundharmonika scheint aus der Mode gekommen zu sein. Nur in einer alten Tatortserie, deren Wiederholung wir Alten besonders genießen, weil man noch jedes Wort versteht, kommt sie beim Gesang der Kommissare Stoever und »Brocki«, von diesem meisterhaft geblasen, zum Einsatz. Und das Pfeifen, das die Filmschauspielerin Ilse Werner so gut beherrschte, dass es wesentlich zu ihrer Prominenz beitrug, bekommt man immer weniger zu hören. Das Volkslied scheint nur noch im Fernsehen zu existieren, wo es von Sängern und bekannten Chören vorgetragen wird, während die nicht so prominenten inzwischen über mangelnden Nachwuchs klagen. Aber wer will schon, wenn er sich ständig die neuesten Hits der Popstars auf Abruf reinziehen kann, selber singen? Und seien wir ehrlich, wir hätten uns vor sechzig, siebzig Jahren genauso begeistert, den Stöpsel im Ohr, mit Musik berieseln lassen, anstatt »Geh aus, mein Herz, und suche Freud« und »Es klingen die Lieder, der Frühling kommt wieder« zu schmettern. Zur Zeit jedenfalls scheint man wenig Freude daran zu haben und höchstens, wenn man dem Alkohol zugesprochen hat, in Gesang auszubrechen, oder wenn man im Fußballstadion zu Tausenden gemeinsam rumgrölen kann.

Aber ich muss gestehen, dass auch wir früher nicht nur »Es klappert die Mühle am rauschenden Bach« vor uns hin sangen, sondern eine gewisse Vorliebe für Lieder hatten, die besser zur

Drehorgel passten. So summte meine Mutter gern etwas, das sich eher nach einer Moritat anhörte. Es war das Lied von dem Gymnasiasten Johann Gottfried Seidelbast, der sich, anstatt seine Schularbeiten zu machen, mit der Schülerin Elisabeth im Flirten übt und deswegen von der Schule verwiesen wird, worauf erst er, dann Elisabeth sich an einem Baum aufhängt. »Die Moral von der Geschicht, liebe als Pennäler nicht, liebe lieber als Student! Ja, das nimmt ein bess're End'.« Vater wiederum pflegte laut zu singen: »Die Seele schwingt sich in die Luft, juchhe, der müde Leib bleibt auf dem Kanapee«, während Mamsell in der Küche aus voller Kehle tönte: »Mariechen saß weinend im Garten.« Alle drei also nicht gerade wertvolles Liedgut. Aber schließlich ist egal, was uns fröhlich macht – Schlager, Gassenhauer, eine Arie aus La Traviata oder ein Volkslied. Wichtig ist die gute Laune, die damit ausgelöst wird. Allerdings sollte man Übungen zur Kräftigung seiner Stimme bei hellhörigen Wohnungen möglichst an einen auswärtigen einsamen Ort verlegen. Leider ist für uns Uralte die Möglichkeit durch Singen oder Pfeifen ein Glücksgefühl zu erzeugen, sehr begrenzt. Aus unserer einst recht passablen Stimme ist ein Krächzen geworden, und die trockenen Lippen bemühen sich vergeblich zu pfeifen.

Merkwürdigerweise taucht vieles aus der Vergangenheit stammende wieder auf, das lange Zeit in Vergessenheit geraten war, oder, wie man heute so schön sagt, als uncool empfunden wurde. So ist es wieder hochmodern für junge Frauen, ihr Haar nicht mehr oder weniger als Gesichtsgardine zu benutzen, sondern es straff zurückzukämmen. Kleine Mädchen laufen wieder mit Zöpfen herum und bei den Herren sind überlanges Haar und der beliebte Mozartzopf nur noch in bestimmten Berufsgruppen zu finden. Als Sportart hat man seit einiger Zeit das Wandern neu entdeckt, das es schon zu Zeiten meiner Großeltern gab, aber bei den Landbewohnern, die Grund und Boden besaßen, ebenso fremd war wie das Spazierengehen. Ein Landwirt benutzte die Wochenenden, um nach dem Rechten zu sehen, ob es sich womöglich Wildschweine in der kurz vor dem Schnitt stehenden Gerste gemütlich gemacht hatten oder das Getreide vom Nachbarn eine bessere Ernte versprach. Und das Wandern überließ man den Handwerksgesellen.

Viele Jahre lang war das Wort »wandern« durch das Wort »marschieren« in Misskredit geraten. Aber anscheinend ist es jetzt nicht nur des Müllers Lust. Inzwischen fährt der Nachwuchs schon lange nicht mehr zum Städtele hinaus und durch fremde Länder, in denen er sich zwar weiterhin gern herumtreibt, aber um sie zu ergründen, ihre Kulturen zu bestaunen und vor allem große Naturschutzgebiete zu durchwandern. Wie ich lese, soll inzwischen das Wandern neben dem Joggen zur beliebtesten »Outdoor-Freizeitbeschäftigung« gehören. Neben dem festen Schuhwerk scheint hier das Fernglas eine größere Rolle zu spielen als der Stöpsel im Ohr oder das Handy. Man erfreut sich dabei an der Natur und ihren Geräuschen, die im Gegensatz zum Großstadtlärm ein angenehmes Gefühl erzeugen, so dass man gleich wieder Lust verspürt, sich mit einem Liedchen in Schwung zu halten. Allerdings sollte man nicht unbedingt einen Text wählen, der den Jägern vorbehalten ist, wie: »Ich schieß den Hirsch im wilden Forst, im tiefen Wald das Reh, den Adler auf der Klippen Horst, die Ente auf dem See.« Ein übereifriger Naturschützer könnte plötzlich vor einem auftauchen und nach einem gültigen Jagdschein fragen. Auch die schrillen Pfiffe eines Wanderers verheißen nichts Gutes. Es ist schon mehrfach passiert, dass der beliebteste Begleiter, der Hund, sonst die Gehorsamkeit in Person, plötzlich während Herrchen oder Frauchen sich die Wanderschuhe fester schnürt, nach dem lieb gewordenen Motto »Ich bin dann mal weg« verschwunden ist und es für immer bleibt, so dass man hier nur traurig anstimmen kann: »Ach, ich liebte, war so glücklich« oder »Frag ich mein beklommen Herz«. Aber solch traurige Vorkommnisse gab es schon in meiner Jugend, und sie ereignen sich höchst selten.

Irgendwann, dessen bin ich mir sicher, wird jemand im Park, während er an mir vorbeiläuft, schmettern: »Abendstille überall, nur am Bach die Nachtigall ...« Doch wegen meiner zunehmenden Taubheit, die ich aber nicht wahrhaben will, werde ich es nur halb verstehen, die Schuld mal wieder den Hörgeräten geben und laut fluchen: »Verdammte Batterien!«

4 Der innere Schweinehund

Im Gegensatz zum Gewohnheitstier hat uns die Schöpfung ein Geschenk fürs Leben mitgegeben, auf das wir gut verzichten könnten, den inneren Schweinehund. Er sorgt mit dafür, dass wir uns mal mehr, mal weniger so durchs Leben tricksen und das, obwohl wir uns um die Devise »Edel sei der Mensch, hilfreich und gut« bemühen, die sich aber seinetwegen kaum verwirklichen lässt, oder wenn, dann nur in Bruchstücken. Dieses Untier ist eine deutsche Erfindung. Zwar ist es meist für Disziplinlosigkeit und Willensschwäche zuständig, aber es hat auch noch viele andere menschliche Unarten auf Lager wie etwa, sich vor allem Unangenehmen zu drücken, Versprochenes nicht einzuhalten und kriminelle Instinkte zu entwickeln. Es gibt also viele Möglichkeiten, ihm den Kampf anzusagen, wozu traurigerweise gesagt werden muss, dass er sich meist als der Stärkere erweist.

Bereits das Baby folgt, augenscheinlich von

ihm unterstützt, dem dunklen Trieb zu beweisen, dass es jetzt der Herr im Hause ist. Bis die Eltern sich zur Ruhe begeben, schläft das Baby tief und fest. Weder der reichlich laut eingestellte Fernseher, noch ein klingelndes Handy können es aufwecken. Das ändert sich jedoch schlagartig, wenn die Eltern im Bett liegen und gerade eingeschlafen sind. In dem Moment fängt das Baby an zu schreien. Gehorsam springen beide aus dem Bett, um nach dem Rechten zu sehen. Doch jeder Trost versagt, so dass sie sich schließlich dafür entscheiden, den Schreihals zu sich zu nehmen. Tatsächlich kehrt Ruhe ein, nicht aber für seine Eltern. Sie wagen nur noch, sich im eigenen Bett im Zeitlupentempo zu bewegen. Die in ihrer Verzweiflung befragten, auf psychologische Weisheiten nicht viel gebenden Großeltern hören sich ihre Klagen an und sagen: »Wehret den Anfängen. Lasst es einfach schreien.« Ein Rat, der wiederum die Eltern angesichts solcher Grausamkeit den Kopf schütteln lässt. Da sind sie, die sich mit Hilfe der den Markt geradezu überschwemmenden Ratgeber kluggemacht haben, ganz anderer Meinung. Den Großeltern dagegen bleibt unverständlich, welchen Strapazen man heute ein

Kleinkind aussetzt. Es wird mitgeschleppt, egal, wohin es geht, rein ins Auto, ins Flugzeug oder in die Bahn, und ab geht die Post.

Später wird der männliche Nachwuchs es sich nicht verkneifen können, die von der Mutter gerade eingekauften Delikatessen aus dem Kühlschrank zu stibitzen, und wenn die Eltern Urlaub machen, eine coole Party zu geben, bei der alles auf den Kopf gestellt wird. Sobald er den Führerschein erworben hat, wird er plötzlich den Großvater umschmeicheln und Dinge für ihn tun, die er vorher aus Zeitmangel verweigerte. Die Großmutter durchschaut seine Taktik, der Großvater ist gerührt und stellt ihm hin und wieder sein Auto zur Verfügung. Beim weiblichen Nachwuchs ist der innere Schweinehund wieder ganz anders geartet. Auch er wird sich an den Leckerbissen im Kühlschrank gütlich tun, aber das nur nachts. Am Tage verweigert er die von mütterlicher Hand bereiteten Mahlzeiten und hält sich ganz an eine Diät. Die Tochter ist, wie der Vater findet, geradezu gespickt mit dämlichen Ausreden. So behauptet sie, die meisten Nachmittage bei einer Freundin für gemeinsame Schularbeiten zu verbringen, aber, wie der Vater erfährt, haben die Eltern der Freundin sie noch nie gesehen. Manchmal gelingt es ihr, den inneren Schweinehund zu überwältigen, dann beichtet sie schluchzend den Eltern, was sie alles so auf dem Kerbholz hat, was den Vater mürrisch sagen lässt: »So genau möchte ich es gar nicht wissen.« Bis dahin unterscheiden sich nach Ansicht der Eltern die Schweinehunde der Kinder noch nicht allzu sehr von den eigenen, die, als sie damals in ihrem Alter waren, auch viel Ärger in die Familien brachten. Doch seitdem hat sich die Zeit gewaltig geändert. Der Weg nach der Schule führt die Kinder nicht mehr stracks zum Fernseher, sondern zum Computer. Serien wie die Biene Maja wären für sie Schrott. Sehr schnell finden sie im Internet den Platz, wo man Menschen eins auswischen kann, ohne eine Tracht Prügel zu riskieren.

Ebenso ist es mit dem Sex. Zwar sorgt die Schule für eine gewisse Aufklärung, aber was darüber im Internet zu erfahren ist, kann sie nicht bieten. Die Eltern waren dafür noch auf Oswald Kolle angewiesen, zu ihrer Zeit schlechthin die Sensation, dessen Art der Aufklärung aber heute schon als reichlich bieder empfunden wird. Die Großmutter hatte noch beim Lesen des Buches »Die Frau als Hausärztin« rote Ohren bekommen, damals ein Standardwerk in jedem Haushalt ebenso wie Van de Veldes »Die vollkommene Ehe«.

Die Großmutter zeigt sich über die Neugierde ihrer Enkel empört. Der Großvater dagegen nimmt die Nachricht über das, was seine Enkel so im Internet treiben, gelassen. Ganz im Gegensatz zu früher, da hat er sich noch kräftig in die Erziehung eingemischt. Er lächelt milde und sagt: »Das verwächst sich wieder.« Die Großmutter wirft ihm einen ironischen Blick zu: »Dein Wort in Gottes Ohr.« Sie müssen lachen und Erinnerungen werden in ihnen wach. Gelegenheiten, über die Stränge zu schlagen, waren ihrer Generation im Krieg kaum gegönnt oder nur hin und wieder. Eine davon ist dem Großvater noch heute im Gedächtnis, wie er, in Frankreich stationiert, bei Wind und Wetter per Rad durch die Gegend gestrampelt war, um seine Angebetete, eine resche Witwe, zu besuchen. Kaum hatte er das Haus erreicht, musste er feststellen, dass sich sein Vorgesetzter dort schon gemütlich niedergelassen hatte, der ihm leutselig noch einmal zum gerade verliehenen Orden gratulierte und einen Schnaps anbot.

Danach blieb ihm nichts anderes übrig, als die Hacken zusammenzuschlagen und sich in strammer Haltung zu verabschieden. Draußen überkam ihn eine ungeheure Wut, so dass er, angeheizt von seinem Schweinehund und ohne viel darüber nachzudenken, zum Motorrad des Vorgesetzten ging und die Luft aus den Reifen ließ. Glücklicherweise kam der nicht auf den Gedanken, dass der gerade ausgezeichnete Soldat einer solchen Gemeinheit fähig war.

Der Großvater hatte nach diesem Erlebnis die feurige Witwe beiseitegelegt und im nächsten Urlaub die Tochter des Nachbarn geheiratet, mit der er bereits zur Schule gegangen war. Er wurde Vater zweier Jungen, die ihn, als er aus der Kriegsgefangenschaft nach Hause kam, kritisch musterten. Aus dem schüchternen Mädchen von einst, das hingebungsvoll an seinen Lippen hing, war inzwischen eine sehr selbständige Frau geworden, so dass Auseinandersetzungen nicht ausblieben. Sie wollte eine Schneiderlehre beginnen, für die man damals die Genehmigung des Ehemanns brauchte, die der Großvater nur ungern gab, obwohl er sich selbst nicht aufraffen konnte, etwas Vernünftiges anzufangen, und sich hinter der Ausrede verschanzte, er müsse erst einmal die beiden Knaben auf Vordermann bringen. Seine Frau zog die Augenbrauen hoch: »Wie wäre es, wenn du mal bei dir selbst den Anfang machen würdest?« Das saß. Kurz darauf überwand er seinen inneren Schweinehund, gab seine Entschlusslosigkeit auf und sah sich nach einer Stellung um. Seine hohen sittlichen Vorstellungen, wie er sich später eingestand, blieben ihm nicht immer erhalten, vor allem in puncto Treue. Aber jetzt im hohen Alter waren sie zur Freude der Kinder wieder ein glücklich liebend Paar geworden, das sich gegenseitig stützte.

Ich selbst erinnere mich hin und wieder gern an jene Nachkriegszeit, in der das Tricksen fast zum guten Ton gehörte, so dass in jenen Jahren, in denen man sich, ohne zu zögern, über Recht und Unrecht hinwegsetzte, ja dafür auch noch bewundert wurde, der innere Schweinehund Hochkonjunktur hatte. Mein Vater, ein überaus korrekter Mensch, brauchte nach der Flucht, die in Holstein endete, von der englischen Besatzungsmacht eine Erlaubnis, nach Hamburg zu radeln. Der Antrag kam zurück mit der Bemerkung: »Nicht genehmigt.« Da der Name des zuständigen Offiziers sich ein paar Millimeter über dieser Absage befand, schnitt er sie kurzerhand ab und kam nun mühelos durch die Kontrollen, wofür er von den anderen Flüchtlingen sehr bewundert wurde. Ich wiederum hatte mir den Stempel eines ehemaligen Turnvereins organisiert, mit dem ich mehrere angeblich von der Gemeinde bestätigte Ausweise mit Passbild für mich herstellte, so dass ich mir beim Grenzübergang, wenn der Grenzposten damit verschwand, keine Sorgen machen musste, denn ich hatte noch reichlich Vorrat. Ebenso konnte ich mir eine Fahrkarte für den englischen Militärzug, der von Hannover nach Berlin durchging, ohne dass er von den Russen kontrolliert werden durfte, verschaffen. Ein junger Mann, der später Redakteur beim *Stern* wurde, hatte mir den wundervollen Tipp gegeben, dass, wer den Tod eines Elternteils nachweisen konnte, einen Antrag für diesen Zug stellen durfte. Zwar erfreuten sich meine Eltern noch bester Gesundheit, aber ich ließ mir von einer Freundin in Berlin per Telegramm den Tod meines Vaters mitteilen. Die Militärbehörde in Hannover erkannte das Telegramm an, und so konnte ich mir eine Genehmigung für den Militärzug abholen. Hinter mir in der

Schlange stand ein Mann mittleren Alters. Er lüftete kurz den Hut und flüsterte mir zu: »Derselbe traurige Anlass auch bei mir.« Auf meiner Genehmigung stand das englische »for compassionate reasons« als »aus Mitleid erregenden Gründen« übersetzt.

Und wie sieht es heute bei uns Alten mit »Üb immer Treu und Redlichkeit« aus? Die Not zwingt uns zwar nicht mehr, gegen Gesetze zu verstoßen, aber gelegentlich lassen wir auch noch den inneren Schweinehund von der Leine, anstatt ihn zu bekämpfen, was wir natürlich von der folgenden Generation im hohen Maße erwarten. Merkwürdigerweise sind es oft Nichtigkeiten, in denen es gilt, ihn kurzzuhalten, um nicht einen endlosen Familienstreit heraufzubeschwören, etwa, weil irgendetwas Bestimmtes fehlt und sei es auch nur eine ziemlich wertlose Vase. Wir Alten sollten ruhig ab und zu den inneren Schweinehund wirken lassen, nicht gerade in Gefühlssachen, denn kränken wollen wir niemanden mehr, nur ein bisschen schummeln beim Kartenspiel oder von Heldentaten erzählen, die ziemlich unwahrscheinlich sind. Die von unserm Dichterfürsten an uns gestellte Forderung »Edel sei der Mensch, hilfreich und gut« werden wir nie erfüllen. Gott sei Dank, müssen wir hier sagen, denn nichts ist anstrengender, als nur von charakterlich makellosen Menschen umgeben zu sein.

5 Immer enger, leise, leise

Wie recht doch Fontane mit seinem schönen Gedicht hat: »Immer enger, leise, leise, ziehen sich die Lebenskreise.« Auch meine Lebenskreise werden merklich enger. Nun muss ich das Radfahren aufgeben, die Beine wollen nicht mehr in die Pedale treten – also adieu, Alsterpark! Mehr als dreißig Jahre bin ich bei Wind und Wetter dorthin geradelt und habe mich gelegentlich über andere Radfahrer erregt, die, mit verschränkten Armen plaudernd nebeneinander fahrend, mich fast vom Weg in die Büsche drängten. Ich habe mir von netten Menschen helfen lassen, die schweren, von fröhlich Feiernden wenig geachteten Gartenstühle, die nach den Wochenenden zum Teil sogar in der Alster gelandet waren, zu einem geeigneten Plätzchen zu schleppen, und dabei erstaunlichste Lebensgeschichten gehört. Ich habe den Kormoran bewundert, der reglos Tag für Tag auf demselben Stein stand, die Entenküken bei ihren ersten Tauchversuchen beobachtet, Ruderern und Seglern auf der Alster zugesehen, die gelegentlich von den Dampfern zurechtgewiesen wurden, wenn sie ihre Route tollkühn kreuzten. Aber am meisten bewundert habe ich die Krähen, die aus den vollgestopften Abfallkörben alles in Windeseile herausholten, auf dem Rasen ausbreiteten und nach Leckerem durchwühlten. Merkwürdigerweise habe ich bis jetzt in keinem Park vernünftige Behälter entdeckt, die sie daran hindern könnten. Wenn ich diese Vögel sehe, habe ich das Bild einer jungen Krähe vor Augen, die, beim Wühlen fast in einem Plastikbecher verschwunden, von einem ältlichen Dackel entdeckt wurde. Doch ehe die Jagd so richtig losging, hatte sie ihre Beute zu einem kleinen Hügel bugsiert, und als der Dackel sie fast erreicht hatte, gab sie dem Becher einen kleinen Schubs und flog auf den nächsten Baum. Der Hund, teils verdutzt, teils entsetzt, statt einer Krähe plötzlich einen kullernden, offenbar angriffslustigen Becher vor sich zu haben, gab ein kurzes Jaulen von sich, ergriff die Flucht und rannte nach Luft schnappend zu seinem Herrn zurück, der auf einer Bank in eine Zeitung vertieft war. Der Dackel warf sich hechelnd zu seinen Füßen. Sein Besitzer, ebenfalls ein älteres Semester, streichelte ihn kurz, sagte freundlich tadelnd »Musst nicht« und las weiter. Die um die Stühle herumwatschelnden und graszupfenden Gänse, die gelegentlich im Tiefflug über mich hinwegstrichen, werde ich ebenso vermissen wie den weiten Blick, den man in diesem Park genießen kann, und natürlich die Alster! Vor vielen Jahren fuhr sogar ein Bus bis zum Alsterpark. Aber diesen Luxus für uns Senioren gibt es schon lange nicht mehr.

Genug gejammert. Ich habe ja das große Glück, dass sich ganz in meiner Nähe noch ein Park befindet, klein, aber fein, der Innocentiapark. Früher habe ich ihn mehr als Notnagel betrachtet. Wenn das Wetter schlecht war oder die Zeit zu knapp, habe ich ihn mit dem Rad umrundet und dabei ebenfalls nette Menschen mit ihren Hunden kennengelernt, die mir freundlich Platz machten, obwohl ich bis heute nicht sicher bin, ob auf diesem Weg geradelt werden durfte. Auch habe ich dort so manche Erfahrung gemacht. Eine von ihnen ist: Egal, in welchem Stadtteil man wohnt, ob man zur bildungsnahen oder bildungsfernen Schicht gehört, die Toleranz gegenüber rücksichtslos parkenden Autos ist überall begrenzt. Da stand er nun, der Landrover, gehegt und gepflegt, versperrte Müttern mit Kinderkarre, alten Leuten mit Gehwagen und mir, dem Radfahrer, fast den Weg. Dieses in dieser Gegend gern benutzte Wohlstandssymbol zwang uns zu akrobatischen Kunststücken, damit wir uns an ihm vorbeischlängeln konnten. Nach meiner ersten Runde war er bereits mit kräftigen Schrammen verziert, bei der zweiten der Scheibenwischer abgebrochen, nach der dritten sah das edle Gefährt in jeder Hinsicht alt aus: die Schrammen hatten sich vermehrt, und der gesamte Wagen war mit etwas bekleckert, was wie Geisterspucke aussah. Die Meinung der Parkbesucher war unterschiedlich, aber man einigte sich dann doch auf den Satz: »Das wird ihm eine Lehre sein.« Bloß frage ich mich, wieso setzte man voraus, dass der Fahrer männlichen Geschlechts war? Es konnte doch durchaus auch eine Frau sein, emanzipierte Frauen gab es inzwischen reichlich. Wie wir täglich den Medien entnehmen können, sind sie allmählich auch auf dem Weg der Kriminalität recht weit vorangekommen und können auch in dieser Hinsicht allmählich mit den Männern konkurrieren.

Jetzt, wo ich von meinem Rad Abschied nehmen musste und meine Beine oft sogar beim Laufen streiken, mache ich mich erst einmal kundig, was es mit dem Innocentiapark so auf sich hat. Ich erfahre, dass es die erste Grünanlage war, die 1884 in Hamburg angelegt wurde. Früher hatte es hier statt einer Rasenfläche einen Badesee gegeben. Unter den alten Bäumen soll sich eine Eiche befinden, die zweihundertfünfzig Jahre alt ist. Ich finde, sie sieht etwas mickrig aus, aber vielleicht habe ich auch den falschen Baum erwischt. Doch was für ein Alter! Dagegen sind wir Menschen, auch wenn wir die Hundert erreicht haben, Eintagsfliegen. Diese Eiche gab es schon, als Jean-Pierre Blanchard 1786 mit seinem Ballon über sie hinwegschwebte und als 1806 die Franzosen in Hamburg einmarschierten. Wahrscheinlich suchten die Tauben unter ihren Blättern Schutz, als 1842 durch den großen Brand ein Viertel Hamburgs zu Schutt und Asche wurde. Hamburg hat viele Schicksalsschläge hinnehmen müssen. An das große Unheil der Bombenangriffe im Zweiten Weltkrieg will ich erst gar nicht denken. Alles hat diese Eiche überlebt und gibt uns ein Zeichen, dass alte Bäume mit großer Ehrfurcht behandelt und nicht ratzfatz dem schnöden Mammon mit der Ausrede, es gehe um Arbeitsplätze, geopfert werden sollten.

Glücklicherweise gibt es auch hier viele Bänke, auf denen man eine Pause machen kann. Was die Kritzeleien und Schmierereien betrifft, stehen sie denen im Alsterpark in nichts nach. Der Mutterwitz, über den man sich noch vor dreißig Jahren freuen konnte, ist jedoch leider verlorengegangen, dabei würden manche dieser Sprüche auch in das heutige Tagesgeschehen passen, wie »Heute stehen wir am Abgrund, morgen sind wir schon einen Schritt weiter«. Nur manchmal gibt es etwas zum Schmunzeln. Ich lese »Wir stehen zusammen, wir fallen zusammen, bad boys für immer«. Vielleicht, denke ich, ist das Böse als Vorbild nach wie vor interessanter, aber das Wort »für immer« hört sich etwas altmodisch an, was ist schon für immer in unseren Zeiten der ständigen technischen Veränderungen.

Krähen spielen in diesem Park nur eine untergeordnete Rolle. Hunde und Kinder haben die Vorherrschaft. Erstere gibt es in allen Altersstufen und Rassen. Schlecht dran sind unter ihnen die Kinderwagenbegleiter. Kaum auf dem Spielplatz angekommen, ist für sie schon wieder Schluss mit lustig. Anstatt mit anderen Hunden herumzutoben, müssen sie, an einer Bank festgebunden, Wache schieben und auf alles aufpassen, was Mütter und Großmütter so mitgeschleppt haben. Keine Möglichkeit, die Lage durch Winseln, Bellen oder Buddeln zu bessern. An die Kekse für die Kinder ist auch nicht ranzukommen. Aber der Kinderwagenbegleiter hat inzwischen gelernt, sich in sein Schicksal zu fügen. Er gibt sich dem Schlaf hin, und gelegentlich blinzelt er zu dem Rasen hinüber, auf dem seine Artgenossen einem Ball oder einem Stöckchen hinterherjagen. Auch ein wunderschön aussehender Hund mit tadellos gepflegtem weißem Fell hat, wie ich beobachte, schlechte Karten. Geduldig sitzt er auf dem Weg und sieht seiner Herrin zu, wie sie die Bank als Gymnastikgerät benutzt, mit großer Geschicklichkeit mal eine Art Kopfstand macht, mal wieder ihre Muskeln dehnt und streckt, was viel Zeit in Anspruch nimmt. Der hübsche Hundi wartet, wartet und wartet, ohne auch nur eine Spur von Ungeduld zu zeigen. Danach wird er, da bin ich ganz sicher, mit großer Toberei auf dem Rasen belohnt werden. Leider ein

Irrtum. Die junge Frau hat es eilig. Kaum ist sie mit der Gymnastik fertig, verlässt sie, Hundi an kurzer Leine und ohne ihn zu streicheln, mit großen Schritten den Park.

Der Park bietet alles, was ein Kinderherz erfreut: alte Bäume, die ihm im Herbst Kastanien vor die Füße werfen, dichte Büsche, um sich darin zu verstecken, auf dem Spielplatz jede Menge Geräte, an denen man rumtoben, wippen oder schaukeln kann. Wenn ich mich auf einer der Bänke am Kinderspielplatz ausruhe, fällt mir jedes Mal auf, dass es wenig Streiterei zwischen all den Knirpsen gibt. Eines haben sie jedoch alle gemeinsam – sie sind immer am Rennen, sie flitzen von einem Gerät zum anderen und gebärden sich, als hätten sie gerade etwas Wichtiges verpasst. Das Wort Ausdauer scheint nur eine untergeordnete Rolle zu spielen. Eben sitzen sie noch auf der Schaukel, Sekunden später strampeln sie schon wieder, beschützt von einem großen Helm, in sausender Fahrt mit ihrem Rad davon. Die Mütter halten indessen Kekse und Getränke zur Stärkung bereit. Viele von ihnen sind Handyanbeter und spielen, ohne rechts oder links zu gucken, an ihrem Idol herum oder kommunizieren mit Freunden. Während ich meine mir vorgenommenen Runden drehe und dabei ständig von den kleinen Radfahrern überholt werde, haben sich inzwischen die Rasenflächen mit meist etwas älteren Kindern gefüllt. Hier ist der Fußball Favorit, dem sich die Kinder mit geballter Energie hingeben, sogar Mädchen sind daran beteiligt. An späteren Nachmittagen oder an den Wochenenden haben oft die Väter Dienst am Kind. Der Vorteil für den Nachwuchs ist, dass sie ebenfalls mit Begeisterung dabei sind. Den Müttern ist dagegen die Langeweile oft ins Gesicht geschrieben, und es ist ihnen anzusehen, wie viel lieber sie nach dem Handy greifen würden. Auch busseln sie gern, wenn es das Spiel erlaubt, an ihren Lieblingen herum, und wenn das Kind hinfällt, wird es nicht nur aufgehoben, sondern auch lange und innig getröstet, damit es sich von diesem abscheulichen Sturz erholt. Auf so eine Idee kommt der Vater hingegen nicht, und siehe da, der Knirps findet es plötzlich uncool, herumzuschreien und sich beim Aufstehen helfen oder gar trösten zu lassen. Gelegentlich gesellen sich andere männliche Parkbesucher zu dem Spiel, und die Väter verlieren schnell den Überblick, für wen sie eigentlich das Ganze gestartet haben. Aber die Kinder von heute setzen sich durch, im Gegensatz zu uns, als wir in ihrem Alter waren, und machen ihre Väter ungeniert darauf aufmerksam, was für sie Sache ist, nämlich sich um sie, den Nachwuchs, zu kümmern.

In der wärmeren Jahreszeit zieren, sobald sich die Sonne zeigt, Dutzende von Sonnenanbetern, egal welchen Alters, den Rasen und lassen sich von ihr brutzeln. Das Wort Hautkrebs scheint in ihrem Sprachschatz zu fehlen. An den Wochenenden wiederum finden hier Familienfeiern statt. Da werden Zelte aufgestellt, Tische und Stühle herbeigeschleppt sowie das unentbehrlich gewordene Grillgerät, ein Dufterzeuger, der mich gleich die Flucht ergreifen lässt. Dazu wird fleißig der Becher geschwungen. Glücklicherweise ist ebenso wie im Alsterpark am Tag darauf der Reinigungsdienst schnell zur Stelle und entfernt den Müll. Der Rasen ist wieder sauber, so dass sich die Schüler japanischer, indischer, chinesischer oder sonstiger Meister dort wieder tummeln und sich mit großem Ernst ihren Übungen hingeben können. Es gibt viele verschiedene Möglichkeiten, in diesem Park seinen Hobbys nachzugehen. So scheint eine junge Frau mit Seiltänzerinnen konkurrieren zu wollen, denn sie trainiert unermüdlich auf einem zwischen zwei Bäumen gespannten Band. Eine andere Gruppe wiederum kreuzt mit eleganten Bewegungen das Florett.

Auch in diesem Park wird das Wort Vergesslichkeit großgeschrieben. Neben Spielzeug, Mützen, einzelnen Handschuhen, Sandschippen, Schals und anderen Kleinigkeiten sind es gelegentlich auch Fahrräder, und seltener ist es ein Handy. Wirklich ins Grübeln bringt mich aber erst ein einzelner hocheleganter Schuh, der selbst den Beifall von Karl Lagerfeld gefunden hätte. Was in aller Welt ist mit seiner Besitzerin passiert, dass sie das wertvolle Stück nicht vermisst hat und trotzdem nach Hause gehumpelt ist? Der Phantasie sind keine Grenzen gesetzt. Vielleicht hat sie ja mit anderen im nächtlichen Park zu sehr Freund Alkohol gehuldigt, oder man hat ihr K.-o.-Tropfen ins Glas geschüttet, und kriminelle Elemente, wie es in meiner Kindheit hieß, haben sie verschleppt. Doch ehe ich mir weiter Gedanken mache, haben sich schon zwei Jungen des Schuhes bemächtigt und ihn zum Ball degradiert. Danach ist allerdings von seinem einstigen Glanz kaum noch etwas übrig.

Der Herbst ist gekommen. Trotz fortgeschrittener Jahreszeit stehen die Bäume noch voll im Laub, und es ist wärmer als üblich. Langsam leert sich der Park. Die Spielgeräte haben ihre Ruhe, die Bänke bleiben unbesetzt, nur eine einzelne Dame trainiert im Laufschritt Runde um Runde ihre Beinmuskeln. Bin ich nun voller Dankbarkeit, dass ich hier noch friedlich sitzen, den lauen Abend genießen und dazu in einem bevorzugten Viertel des schönen Hamburgs wohnen kann, mit vielen günstigen Einkaufsmöglichkeiten, guten Verkehrsverbindungen und einer bezahlbaren Wohnung? Mitnichten! Meine Gedanken kreisen um mein altes Fahrrad, das nun, seit vielen Monaten von mir unbeachtet, eingeklemmt zwischen anderen Rädern im Keller steht und sich vielleicht manchmal fragt, wo ich denn eigentlich geblieben bin. Wahrscheinlich hat man sich inzwischen schon seiner Ventile bemächtigt, und in dem kleinen Korb auf dem Gepäckträger häuft sich der Müll. Höchste Zeit wieder einmal nach meinem einstigen Gefährten zu sehen. Ach, wo bin ich mit ihm überall gewesen, habe mit ihm Freunde besucht, die Fahrten an der Alster genossen und hin und wieder sogar einen Ausflug mit ihm in den Stadtpark gemacht … Da springt etwas auf meinen Schoß, und eine Zunge fährt mir blitzschnell über das Gesicht. Es ist einer dieser Winzlinge von Hund, die man bequem in eine Tasche stecken kann. Der junge Mann, dem er gehört, zieht sich hastig seine Stöpsel aus den Ohren, entschuldigt sich wortreich, will aber dann doch wissen, warum ich zu später Stunde hier noch sitze. »Es ist die Ruhe«, sage ich. »Ruhe«, wiederholt der junge Mann verständnislos, stöpselt seine Ohren zu, wünscht mir noch einen schönen Abend und geht weiter.

Auch ich erhebe mich. Nach wenigen Schritten ruft jemand: »Hallo, hallo«, und ich weiß sofort, ich habe mal wieder, bestimmt zum neunundneunzigsten Mal, mein kleines Kissen vergessen. Die sportliche Dame überreicht es mir mit einem Lächeln und wünscht mir ebenfalls einen schönen Abend.

6 Dieser Hund!

In meiner großen Familie gab es Hunde so selbstverständlich wie qualmende Kamine, knarrende Dielen und Stufen, dunkle Flure und eingefrorene Klos, von denen es in den weitläufigen Schlössern reichlich wenige gab. Diese Schlösser hatten wenig Ähnlichkeit mit jenen, die uns das Fernsehen gern in Dokumentationen bietet, in denen alles wie geleckt ist, so dass man sich mehr in eine Märchenwelt versetzt fühlt.

Schlosshunde gab es in allen Farben, Größen und Abstammungen. Oft teilten sie die Passion ihres Herrn mit der Jagd. Aber es gab auch sogenannte Fixköter darunter, die keinerlei Stammbäume besaßen. Im Gegensatz zu uns Kindern hatten die Schlosshunde eine Menge Privilegien. Während wir, egal, um was es sich handelte, gehorchen mussten, durften sie sich herausnehmen, als einzige Reaktion auf scharfen Tadel laut zu gähnen. Sie lagen überall dort herum, wo es ihnen behagte, und verachteten den für sie bereitgestellten Korb. Kein Wunder also, dass, vor allem im Dunkeln, jemand über sie stolperte, besonders das weibliche Personal und die Ehefrau, so dass sie jedes Mal ärgerlich riefen: »Dieser Hund!«

Wenn wir Kinder zu Gast waren und voller Vorfreude auf das Herumtollen mit den Hunden diese streichelten und umarmten, reagierten sie reserviert bis abweisend. Erst wenn sie einmal mit der Zunge über unser Gesicht gefahren waren, ließen sie sich unsere Liebkosungen ohne Knurren gefallen. Manchmal gaben sie uns sogar die Ehre, nachts in unseren Zimmern zu erscheinen, um es sich am Bettfußende gemütlich zu machen. Aber leider waren sie nicht nur wundervoll zum Herumtoben, sondern sie verpetzten uns auch, besonders, wenn wir Dinge taten, die streng verboten waren. Dummerweise befanden sich die von uns angepirschten Krähennester in den äußersten Spitzen der hohen Bäume, die wir erkletterten. Sobald wir uns den gefährlich dünnen Ästen näherten, begannen die Hunde so laut zu bellen, als wären sie gerade einem Fuchs begegnet. Sie brachten damit die Erwachsenen auf den Plan, die uns nicht nur mit scharfer Stimme herunterbefahlen, sondern uns auch den begehrten Nachtisch beim Mittagessen strichen.

Die Namen dieser Hunde verrieten einiges über ihren Charakter. Da gab es den Fummelmax, der mit seinem buschigen Schwanz gern über den gedeckten Tisch wischte, wobei Kostbares zu Bruch ging. Auch der Zitteraal machte seinem Namen Ehre, denn, obwohl mit einem prächtigen Fell ausgestattet, begann er, sobald man ihn von seinem warmen Plätzchen am brennenden Kamin wegscheuchte, wie Espenlaub zu zittern, und am liebsten legte er sich in die pralle Mittagssonne. Ratzeputz wiederum, ein wieselflinkes Hündchen, verschlang blitzschnell das ihm reichlich servierte Futter und leckte seinen Napf spiegelblank.

Im Großen und Ganzen hatten Schlosshunde ein schönes Leben. Sie wurden selten an der Leine geführt und nicht wie andere Artgenossen an einer Hundehütte angekettet. Manche von ihnen waren geborene Simulanten, besonders die Jagdhunde. Wenn sie Dinge tun sollten, zu denen sie keinerlei Lust verspürten, etwa aus eiskaltem Wasser eine geschossene Ente apportieren, hinkten sie schwer leidend neben dem besorgten Hausherrn nach Haus und waren kaum noch in der Lage, die Treppe zu bewältigen. Sie ließen das Hundefutter unberührt und gaben klagende Seufzer von sich. Aber ein paar Stunden später, wenn der Hausherr sich am Gewehrschrank zu schaffen machte und ein Gewehr samt Patronen herausholte, kam der Leidende die Treppe heruntergefegt und sprang begeistert an ihm hoch. Die Tante, die sich auch gerade zu dem Onkel gesellt hatte, betrachtete leicht belustigt Herrn und Hund. »Kluges Tier«, sagte der Onkel. »Er weiß genau, dass er sich unmöglich benommen hat, und will es wiedergutmachen.«

»Gestern«, erinnerte ihn die Tante mit sanfter Stimme, »wolltest du ihn noch unbedingt loswerden. ›Dieser Hund‹, so sprachst du, ›ist untauglich für die Jagd.‹«

»Da musst du etwas völlig falsch verstanden haben«, sagte der Onkel.

»Wie so oft«, sagte die Tante, »wenn es um dieses Tier geht. Im Übrigen möchte ich dich nur daran erinnern, dass heute unsere neuen Nachbarn zum Abendbrot kommen.«

Der Onkel fuhr sichtlich zusammen. »Die

neuen Nachbarn?«, rief er. »Warum sagt mir das wieder mal kein Mensch?«

»Wir haben gestern noch gemeinsam das Essen bestimmt und den Wein ausgesucht«, sagte die Tante mit milder Stimme. »Also sei bitte pünktlich.«

Diese Art Geplänkel liebten wir Kinder und kicherten darüber.

Als Einzige in der Familie besaßen wir einen Bernhardiner, der dazu noch Möpschen genannt wurde, was man reichlich verwunderlich fand. Und überhaupt, diese Rasse gehörte ins Gebirge, um im Schnee Menschen auszubuddeln, und nicht aufs Land. Andererseits war man an Marotten gewöhnt, und so wurde Möpschen ziemlich kommentarlos hingenommen. Der Hauptgrund meiner Eltern, sich für einen Bernhardiner zu entscheiden, war, dass seine Größe und sein tiefes Bellen beeindruckten. Sobald er in Erscheinung trat, machten ihm nicht nur die Hühner achtungsvoll Platz, sondern wich auch jeder Mann aus, der ihm auf der Straße begegnete. Doch auch Möpschen hatte ebenso wie die Schlosshunde eine Menge Unarten, die er sich nicht abgewöhnen ließ. Grundsätzlich legte er sich genießerisch im Garten auf die frisch eingesäten Beete, wahrscheinlich, weil die vom Auflockern kühle und feuchte Erde die Flöhe in seinem Fell entsetzt die Flucht ergreifen ließen. Als Nachtquartier wählte er sich den Platz vor dem Klo. Sobald sich einer unserer Gäste, die Lampe in der Hand, die Treppe hinunterwagte, um diesen Ort aufzusuchen, wurde er mit lautem Knurren empfangen, was ihn sofort umkehren ließ. Bei uns wagte Möpschen das nicht, da verzog er sich mürrisch. Dass seine Vorfahren sich als Retter in der Not bewiesen hatten, zeigte er uns beim Baden. Er geriet ganz außer sich, sobald wir zum See spazierten, rannte dann aufgeregt am Strand hin und her, bis er uns schließlich folgte und sich an uns klammerte, sobald wir zum Schwimmen ansetzten.

Im Krieg bekamen wir einen neuen Hund ins Haus, einen Münsterländer, Buschi genannt. Buschi wurde für uns die Krone der Schöpfung. Er begleitete uns auf der Flucht und kroch noch, als längst Frieden herrschte, bei jedem Flugzeuggeräusch blitzschnell unter ein Bett. Als einfallsreicher Hund kannte er Hunger nicht. Sein Trick war einfach, aber wirkungsvoll: Er rannte durch das kleine Dorf, in dem wir gestrandet waren, und fraß alle Katzennäpfe leer. Trotzdem erfreute er sich, im Gegensatz zu uns menschlichen Flüchtlingen, bei den Einheimischen großer Beliebtheit, und es gab mehrere durchaus erwägenswerte Angebote für ihn, die den damaligen Zeiten entsprechend nicht pekuniärer Art waren, sondern in Naturalien bestanden, wie Butter, Wurst und Schinken. Aber was Buschi betraf, waren wir unbestechlich.

Als mein Schwager aus der Kriegsgefangenschaft entlassen worden war, zog das Ehepaar nach Bayern und nahm Buschi mit, der weiterhin der Mittelpunkt der Familie blieb. Sein größter Liebesbeweis, den er nur wenigen Personen zukommen ließ, war, sich ganz sanft des rechten Handgelenks zu bemächtigen und so neben einem herzulaufen. Es brauchte viele schmeichelnde Worte, um sich von ihm zu befreien. Nach der Währungsreform, die das Geld wieder zu einem wertvollen Zahlungsmittel machte, interessierten sich mehrere wohlbetuchte Besitzer von weiblichen Münsterländern, die unbedingt Nachwuchs haben wollten, für unseren Buschi, der sich inzwischen zu einem stattlichen Rüden entwickelt hatte. Meine Schwester nutzte die Nachfrage, und Buschi tat den Dienst, den man von ihm verlangte. Einmal wurde er sogar in einem Mercedes mit Chauffeur zurückgebracht. Diesmal blieb seine überschäumende Freude, die Familie wiederzusehen, aus. Im Gegenteil, meine Schwester musste ihn förmlich aus diesem Auto zerren. »Das ist ja furchtbar«, sagte sie, »jetzt wird auch noch unser Buschi bestechlich.«

»Bestechlich«, wiederholte mein Schwager, »wenn ich das schon höre. Ihr schickt das arme Tier sozusagen auf den Strich, verdient an ihm und regt euch auf, weil er eine Passion für Autos entwickelt hat. Nun macht mal halblang.« Aber seine Worte erreichten ihr Ziel nicht. Buschi hatte längst das Handgelenk meiner Schwester ergriffen, und sie spazierte mit ihm mehr oder weniger freiwillig den Flur entlang. Leider muss hier aber auch gesagt werden, dass unser Buschi alles andere als ein liebevoller Vater war, wie sich herausstellte, als meine Schwester sich statt des Geldes einen Sohn von ihm geben ließ. Das arme Tier hatte unter ihm nichts zu lachen. Nicht einmal, wenn sich sein Vater wieder einmal auf seinem Lieblingsplatz, der Küchenbank, wohlig räkelte, durfte der Sohn Buschis Korb benutzen. Ein lautes Knurren, und das arme Hundekind trollte sich gehorsam.

Später, als mein Neffe so weit war, dass er durch die Gegend wackeln konnte, war sein Lieblingsziel eine Wendeltreppe, die zwar vorsichtshalber mit einem Türchen versehen war, das aber meistens offen stand. Sobald der Junge die Treppe fast erreicht hatte, kam Buschi und zog ihn fürsorglich wieder zurück, was das Kind mit Zetern quittierte. So ging es ein paar Tage unter Geschrei hin und her, bis mein Schwager dafür sorgte, dass die vorher etwas wacklige Tür von seinem Sohn nicht mehr geöffnet werden konnte.

Nun stellt sich die Frage, was hat das Alter mit der Hundeliebe zu tun? Ich finde, eine Menge. Alte Menschen sind oft mehr um das Wohl und Weh ihrer Lieblinge bedacht. Sie machen sich Gedanken, was aus ihnen wird, wenn sie ins Krankenhaus kommen oder in ein Heim müssen, und bemühen sich vorher um die besten Möglichkeiten, sie unterzubringen. So frage ich mich oft, warum es ausgerechnet ein Jagdhund sein muss, der im Schneckentempo neben einem Kinderwagen hertrottet. Diese Tiere sind für die Jagd gezüchtet und brauchen viel Bewegung. Wer besonders reiselustig oder beruflich viel unterwegs ist, sollte sich die Anschaffung eines Hundes gut überlegen. Ebenso wenig eignet sich so ein Tier als Statussymbol, weil seine Rasse gerade in Mode ist, so dass man damit angeben kann. Es gibt kaum ein Kind, das sich nicht einen Hund als Spielgefährten wünscht. Aber, was die Fürsorge und Pflege angeht, landet das Tier schnell bei der Mutter, die sowieso schon nicht weiß, wo ihr der Kopf steht. Aber bald, dessen bin ich mir sicher, wird sich auch für den Nachwuchs eine passende Rasse finden, die neben ihm sitzend in den Computer starrt, ein Extra-Facebook benutzt, um mit anderen Hunden zu kommunizieren, und fürchterlich zu winseln anfängt, wenn der Hausherr, »immer dieser Hund«, vor sich hinmurmelnd, rücksichtslos den Apparat ausschaltet.

7 Schnell und wendig

Für uns Uralte ist so manches auf dem kurvenreichen Weg durchs Leben verlorengegangen – Heimat, Haus und Hof und Familie. Auch hat sich die Welt seit 1945, wie wir finden, in rasendem Tempo verändert, sogar die Sprache. Waren bei unsern Großeltern französische Vokabeln wie perdu, pardon, merci, malheur an der Tagesordnung, hat sich jetzt mehr und mehr das Englische durchgesetzt und in der deutschen Sprache eingenistet. Das bringt uns Uralte gelegentlich ins Grübeln, auch wenn wir schon viel dazugelernt haben und wissen, was früher drinnen und draußen hieß, wird heute in den Modekatalogen als indoor und outdoor bezeichnet, und das ständig benutzte o. k. ersetzt unser in Ordnung und jawohl. Wir haben auch endlich begriffen, dass wir nichts mehr ins Visier nehmen oder uns auf etwas konzentrieren, sondern uns darauf fokussieren. Ebenso haben wir uns daran gewöhnt, dass wir bestimmte Wörter kaum noch hören, wie etwa das in meiner Kindheit in Ärger oder Bewunderung häufig geäußerte »Donnerwetter«.

Ein althergebrachter Begriff allerdings hält sich in meinen Augen auffällig hartnäckig, ja schwirrt häufig auch durch die Medien – das Wort »Opfer«. Und was gibt es heute nicht alles an Möglichkeiten, sich als Opfer zu fühlen: Man ist Opfer seiner Herkunft, der Eltern, der Vergangenheit, der mangelhaften Bildung, seines Aussehens. In meiner Jugend wurde dieses Wort von den Erwachsenen gern benutzt, um den Nachwuchs zu deckeln und gute Taten abzuwerten. »Was heulst du hier herum? Nur weil Karl Friedrich sich dein neues Rad ausgeliehen hat? Er ist schließlich unser Gast. Da ist es doch wirklich ein sehr geringes Opfer, was wir von dir erwarten.« – »Was gibt es da zu maulen, dass Tante Lisbeth uns gebeten hat, in deinem Zimmer zu schlafen? Wenn man bedenkt, was sie euch immer Schönes mitbringt, kann man ja wohl kaum von einem Opfer reden.« Vater wiederum erwartete von uns, für jedes Geschenk, das er uns machte, in den höchsten Tönen gelobt zu werden. »Ich habe euch«, sagte er mit ungläubigem Gesicht, »tatsächlich zu Weihnachten dieses wunderbare Luftgewehr geschenkt? Daran könnt ihr mal sehen, dass ihr mir jedes Opfer wert seid.« Er selbst aber bezeichnete Mamsells Gekränktsein, wenn wir ihre hohe Kochkunst ihrer Ansicht nach nicht genügend gelobt hatten, als unerträgliches Opfergehabe.

Später waren es mehr unser »Führer« und Konsorten, die uns mit viel Tamtam und pathetischen Worten nach dem Motto »du bist nichts, dein Volk ist alles« ständig aufforderten, Opferbereitschaft zu zeigen. Die Opfer, die wir dann reichlich brachten, machten wieder andere zum Opfer, bis das Blatt sich wendete. Nach dem Krieg gab es dann kaum Anlass, sich besonders als Opfer zu fühlen, denn wirkliche Opfer gab es schon überreichlich, und ein Schicksal war schlimmer als das andere.

Merkwürdig – denn obwohl es uns Deutschen so gut geht wie noch nie zuvor, wir in einer Zeit leben, in der die so sehnlichst erwünschte Wiedervereinigung eintrat, Reisen zur Selbstverständlichkeit gehört, es kaum noch Altersheime gibt, in denen wir Uralten mit mehreren ein Zimmer teilen oder, wie früher in den Krankenhäusern üblich, in einer Abstellkammer sterben müssen, herrscht ein allgemeines Wehklagen. Aber schon Ende der zwanziger Jahre dichtete der Humorist Otto Reuter: »Schrecklich sind die Zeiten heute, voller Kummer schrein die Leute: Wie's uns geht, ist ungerecht! Ach, wie sind die Zeiten schlecht!« Dabei gab es sicher damals mehr Grund zum Klagen als heute.

Doch zurück zur sich verändernden Welt, in der für uns Frauen nun mal unsere Schönheit oder das, was wir dafür halten, in Kleidung und Aussehen dazu gehört. Und da hat sich seit 1945 auch einiges getan.

Trotz Kälte, Hunger und anderer Unerfreulichkeiten fühlten wir auch in der Nachkriegszeit das meist unerfüllbare Bedürfnis, schick auszusehen. Schon im Arbeitsdienst waren wir bereit gewesen, ein Urlaubsverbot in Kauf zu nehmen, kürzten heimlich die in unseren Augen viel zu langen Uniformröcke und gaben unseren Hüten mit Hilfe einer Zimmergenossin, die bereits eine Hutmacherlehre hinter sich hatte, neuen Schick. Während des Kriegsdienstes bestückten einige von uns die Revers ihrer Uniformjacken mit Marienkäferchen und trugen den V-Ausschnitt der uns zugeteilten feldgrauen Pullover im Rücken, was bei den durchweg männlichen Vorgesetzten ein gewisses Erstaunen hervorrief. Je weniger die Kleiderkarte, die uns auch nach dem Krieg erhalten blieb, hergab, um so eifriger durchstöberten wir die Schränke der Eltern, Onkel und Tanten nach Brauchbarem, dem man vielleicht zu neuem Glanz verhelfen konnte. Die Uniformen unserer Väter aus dem Ersten Weltkrieg erwiesen sich als besonders geeignet für Kostüme und Mäntel. Ich schwatzte meiner Mutter ein mehr als hundert Jahre altes Damasttischtuch ab, ließ es einfärben und ein allgemein beachtetes, gutsitzendes Dirndlkleid daraus schneidern. Ich trug es und trug es Sommer für Sommer. Als ich eines Tages bei Freunden, gefolgt vom Sohn des Hauses, eine Treppe hinunterging, fing dieser plötzlich an zu lachen und rief: »Irgendwas ist mit deinem Kleid nicht in Ordnung!« Wie sich schnell herausstellte, war es auf der Rückseite bereits so verschlissen, dass die Unterwäsche durchschimmerte. Dieses uralte Tischtuch hatte, wie es sich gehört, bis zum letzten Faden seine Pflicht getan!

Bis zur Währungsreform spielte die Mode, wie man sich denken kann, eine mehr untergeordnete Rolle. Erst in den fünfziger Jahren ging es damit so richtig los: New Look, Maxi und Mini, weite Röcke, enge Röcke, schmale Schultern, breite Schultern und trotz wachsenden Wohlstands halb verhungert aussehende Mannequins, wie die Models damals noch hießen. Für uns Frauen wurden endlich Hosen in allen Varianten modern, und die Jeans traten ihren Siegeszug an. Wir mit heiler Haut Davongekommenen, die in den Jahren des Wirtschaftswunders und danach nicht mehr ganz so taufrisch waren, wie es die Mode gebot, hielten uns dennoch nicht zurück, so dass der bekannte Spruch »von hinten Lyzeum, von vorne Museum« auch auf uns zutraf.

Mein erstes Paar Pumps, das ich mir in den fünfziger Jahren kaufte, besitze ich heute noch. Sie sind immer noch wie neu, und ihre Form ist wieder ganz modern. Nur meine Füße wollen nichts von ihnen wissen. Warum habe ich sie nicht längst verschenkt? Je älter ich werde, desto mehr wundere ich mich über mich selbst.

In den letzten Jahren nun hat sich nicht nur in der Mode, sondern auch bei den Möglichkeiten, der Schönheit auf die Sprünge zu helfen, Erstaunliches getan. Ich habe mich gerade in meine Tageszeitung vertieft und lese von einer Sechzehnjährigen, die sich – ich traue meinen Augen nicht – in die Hände eines Schönheitschirurgen begeben hat, um ihre Ohren verkleinern zu lassen. Der Arzt findet die Operation sehr gelungen, aber die Eltern haben ihn verklagt, da ihrer Meinung nach ihr Engelsgesicht nun aussieht wie ein Hase mit gestutzten Löffeln. Während ich mich frage, ob das nicht vielleicht an dem unseligen Engelsgesicht selbst liegt, klingelt das Telefon. Es ist eine Freundin, ein herzensguter Mensch, aber eine fanatische Urgroßmutter, die es, egal, worüber man sich gerade unterhält, immer wieder schafft, ihre Urenkel ins Gespräch zu bringen. Diesmal macht sie sich ernsthafte Sorgen um die fünfzehnjährige Felicitas, die gerade bei ihr zu Besuch und, soweit ich das richtig mitbekomme, bei »dieser arktischen Kälte« wieder mal viel zu dünn angezogen ist. Wie ich erfahre, trägt dieses Kind über der hauchdünnen Unterwäsche ein ebenso dünnes nachthemdähnliches Hängekleidchen, dazu aber besonders klobige Schuhe und dicke Socken. »Felicitas wird sich noch den Tod holen«, unkt die Uromi mir ins Ohr. Dieser

Satz bringt mir sofort meine Cousine gleichen Namens in Erinnerung, und ich höre nur noch halb zu, während meine Freundin mich anfleht, einmal mit ihrer Urenkelin zu sprechen – »Du kannst doch so gut mit jungen Menschen!« –, ein Kompliment, das ich einerseits etwas übertrieben finde, das aber, wie ich selbstzufrieden feststelle, nicht ganz von der Hand zu weisen ist. Mit einem »mal sehen« beende ich das Gespräch.

Meine Cousine war das Musterexemplar einer braven, etwas schüchternen Tochter. Nur ein paar Jahre älter als meine Geschwister und ich, hatte sie sehr strenge Eltern. Im Gegensatz zu uns war ihr verboten, auf dem Klavier herumzuklimpern, sich ohne Erlaubnis Obst aus dem Garten zu holen und womöglich in Schnürstiefeln ins Esszimmer zu kommen. Sie hatte sich für jedes Mittagessen umzuziehen und aufzustehen, wenn ein Erwachsener das Zimmer betrat. Diese, wie wir fanden, stinklangweilige Cousine, inzwischen knappe siebzehn, hatte überraschend und zum Erstaunen meiner Eltern ihren Besuch angekündigt, und das im November, einem Monat, in dem Gäste allgemein unser Haus mieden. In diesem Jahr machte der November seinem schlechten Ruf alle Ehre, es regnete Tag und Nacht und das fast eine Woche. Als meine Mutter das Telegramm las, machte sie ihr bekanntes wissendes Gesicht, was Vater gelegentlich aus Lortzings Komischer Oper »Zar und Zimmermann« singen ließ: »Ja, ich bin klug und weise, und mich betrügt man nicht.« »Du wirst sehn«, sagte meine Mutter, »bestimmt steckt etwas dahinter!«

»Unsinn«, sagte Vater. »Sie ist doch jetzt in Berlin bei einer Tante und geht auf eine Sprachenschule. So eine Großstadt ist für ein Landkind ziemlich anstrengend, wahrscheinlich braucht sie mal ein paar Tage Ruhe.«

Mutter blickte skeptisch und überredete dann Vater, den sogenannten »Affenkasten«, das geschlossene Coupé, zum Bahnhof zu schicken, was bei den Katzen, die es sich darin gemütlich gemacht hatten, ein klagendes Miauen hervorrief.

Nach etwa zwei Stunden kam der Wagen zurück. Ihm entstieg ein uns völlig fremdes Geschöpf, das ein wenig aussah wie eine Henne in der Mauser. Die Füße steckten in beigen Spangenschuhen. Unter dem recht dünnen Mantel wurde ein tief ausgeschnittenes kniekurzes Kleidchen sichtbar, wie es der Mode entsprach. Statt der uns vertrauten Zöpfe hatte sie jetzt einen Bubikopf, den eine Art Suppenteller schmückte. Anscheinend hatte sich Felicitas den Werbespruch »Heut ist die Mode schnell und wendig, nur Bemberg-Seide ist beständig« zu eigen gemacht. Das einzige Altmodische an ihr waren, wie sich später herausstellte, die Nachthemden. Von Bemberg-Seide konnte hier keine Rede sein, sie waren aus allerdings ebenso beständigem Flanell. Das vertraute etwas mollige Cousinchen war ein »Girl« geworden, wie man es in den Magazinen bestaunen konnte. Aber das Aufregendste an ihr war ein goldenes Kettchen, das sie über dem Seidenstrumpf am linken Fußgelenk trug. »Welch ein Glanz in unserer Hütte«, sagte Vater galant, weigerte sich aber trotz Mutters Flehen standhaft, dem Gast zuliebe das Esszimmer zu heizen. Obwohl Felicitas sichtlich fror, überhörte sie hartnäckig Mutters uns wohlbekannten Rat: »Kind, zieh dir was Warmes an, du wirst dir den Tod holen!« Während wir das Cousinchen, noch völlig verwirrt von ihrem Aussehen, anstarrten, zeigte der Bernhardiner ihr gegenüber unverhohlen seine Begeisterung. Er folgte ihr auf Schritt und Tritt und legte sogar sein Lieblingsspielzeug, einen ausrangierten Holzkochlöffel, als Zeichen seiner Ergebenheit auf ihre Spangenschuhe.

Am Tag darauf hatte es aufgehört zu regnen, und die Eltern fuhren zu einer Geburtstagsfeier über Land. Ihr Angebot, den Gast mitzunehmen, stieß auf keine Gegenliebe. Ja, Felicitas behauptete sogar, wie viel Spaß sie daran habe, mit uns »Tod und Leben« oder »Mensch ärgere dich nicht« zu spielen. Das machte sie uns mit einem Schlag sehr sympathisch, wie wir sie überhaupt, nachdem wir uns an ihr verändertes Aussehen gewöhnt hatten, sehr viel netter fanden als früher. Als wir gerade dabei waren, die Karten zu mischen, hörten wir das ungewohnte Geräusch eines Motorrades auf der Dorfstraße. Wir rannten zum Fenster und sahen den Fahrer auf unser Haus zusteuern. Ehe wir die unverschlossene Haustür öffnen konnten, stand er bereits im Flur und sagte herablassend: »Tolle Kiste, nicht mal elektrisches Licht!« Zu unserem Erstaunen wurden wir Zeugen, wie er Felicitas herzhaft küsste. Sie stellte ihn uns als Vetter Eberhard vor. Zwar war uns dieser Verwandte völlig unbekannt, aber wir nahmen es gläubig hin. Und so fanden wir auch nichts dabei, ihn ins Wohnzimmer zu bitten. Es wurde der aufregendste Nachmittag unseres kleinen Lebens, denn wir hatten das Glück, allein zu sein. Mamsell war im Urlaub, und das Hausmädchen hatte seinen freien Nachmittag. Erst tranken wir gemütlich unsern Körndlkaffee, zu dem meine Schwester köstliche, von Mamsell gebackene Plätzchen anbot, danach schlug Felicitas im Wohnzimmer den Teppich zurück und brachte uns gemeinsam mit dem unbekannten Vetter den Charleston bei. Unser Gestampfe fegte den Staub aus den Dielenritzen und ließ das Bild von Friedrich dem Großen über Vaters Schreibtisch in einer Staubwolke verschwinden. Die dazu nötigen Grammophonplatten hatte der Vetter mitgebracht, so dass unser allgemeiner Liebling, der Sänger Richard Tauber, an diesem Nachmittag keine Chance hatte, seine Stimme zu erheben. Felicitas hatte im Esszimmer eine Flasche Cognac entdeckt, ein Getränk, dem wir jedoch nur sparsam zusprachen. Zwar behaupteten wir, es sei phänomenal, fanden aber insgeheim, dass es ziemlich grausam schmeckte. Der Vetter hielt sich aus anderen

Gründen zurück, denn er befürchtete, womöglich auf dem Rückweg in einer Schonung zu landen. Unter den mitgebrachten Platten fanden wir auch einen Schlager, den wir mehr oder weniger melodiös mitsangen: »Es war mal ein Rhinozeros, dem Cognac man ins Wasser goss. Es trank den ganzen Kübel leer, da fand es seinen Stall nicht mehr. Oh, Mona.« In diesem Augenblick öffnete sich die Tür, und die Eltern erschienen. Wie immer zeigten sie sich der Situation vollkommen gewachsen. »Wie schön«, rief Vater, »noch ein Besuch. Und das im November!« Aber Mutter machte wieder ihr wissendes Gesicht und horchte geschickt den unbekannten Neffen ein wenig aus. Wie sich herausstellte, war der junge Mann Eleve beim nahegelegenen Forstamt. Er hatte Felicitas in Berlin kennengelernt. »Siehste«, zischelte Mutter unserem Vater zu, »dachte ich's mir doch.«

Leider endeten die harmonischen Tage mit unserem Cousinchen in Angst und Schrecken. Eine leichte Erkältung verwandelte sich über Nacht in einen bellenden Husten. Unsere Mutter steckte Felicitas kurzerhand ins Bett, und der Arzt musste kommen, der eine Lungenentzündung feststellte. Das Dorf stand kopf. So viele Überraschungen innerhalb weniger Tage waren ungewöhnlich. Erst das geschlossene Coupé mit dem Cousinchen, dann ein fremder junger Mann auf einem Motorrad, und jetzt auch noch der Einspänner des Arztes. Es herrschte ja hier bald ein Verkehr wie in der Reichshauptstadt! Glücklicherweise trat nicht ein, was Mutter uns allen ewig und drei Tage prophezeite: »Kind, du wirst dir noch den Tod holen!« Das Cousinchen fiel ihrem Modefimmel nur beinahe zum Opfer.

In die Gegenwart zurückgekehrt, finde ich, diese lehrreiche Geschichte wäre für ihre Namensvetterin genau das Richtige. Als Erstes müsste ich natürlich für ihren modischen Geschmack großes Verständnis zeigen, das Zauberwort, mit dem man heutzutage nur so um sich schmeißt. Meist wird man allerdings darum gebeten, wenn man es am wenigsten empfindet.

Ganz begeistert von mir selbst laufe ich zum Telefon und rufe meine Freundin an. »Ich wollte morgen mal kurz bei euch vorbeikommen«, sage ich, »und mit deiner Urenkelin sprechen.«

Die Urgroßmutter winkt ab. »Morgen passt es schlecht. Wir müssen in die Stadt.«

»Wahrscheinlich wieder shoppen«, sage ich leicht gekränkt.

»Nix shoppen, wir haben einen Termin bei einem Schönheitschirurgen.«

»Sag bloß«, rufe ich, »du willst dich in deinem Alter noch liften lassen?«

»Wie kommst du auf diese Schnapsidee?«, sagt meine Freundin unwirsch. »Felicitas will sich die Nase richten lassen.«

Ich bin baff. »Was hat sie denn daran auszusetzen? Sie ist man gerade erst fünfzehn. Was für ein Schwachsinn, den du ihr womöglich noch bezahlst!«

»Kein Kommentar«, sagt die Urgroßmutter und beendet abrupt das Gespräch.

8 Unverhofft kommt oft

Diesen Spruch hebt man gern für etwas Sensationelles, was in den Familien so im Laufe des Lebens passiert, auf und zitiert ihn bei passender Gelegenheit zum neunundneunzigsten Mal. So war es jedenfalls in früheren Zeiten, heute ist bei den Jüngeren meistens das Interesse an diesen Geschichten verlorengegangen. Vor kurzem aber gab es noch die Geschichte jener rüstigen Großtante, die es trotz ihrer fünfundachtzig Jahre sehr in die Natur zog und die deshalb Jahr für Jahr mit ihrem inzwischen auch schon sehr in die Jahre gekommenen Dackel in einem am Waldrand gemieteten Häuschen die Sommermonate verbrachte. Ungeachtet des neurotischen Dackels, der sich nicht nur ständig im Knurren übte, sondern auch gelegentlich versuchte, eine Treppe rückwärts hinaufzulaufen, schlief sie in jener Nacht, als das Ungeheuerliche passierte, tief und fest und wohlgemut, bis ein hämmernder Specht sie weckte. Sie verließ ihr Bett, sagte zu dem immer noch vor sich hin knurrenden Dackel: »Lass gut sein«, ging zum Fenster, stieß die Fensterläden auf, um die Morgensonne zu begrüßen, und sah sich plötzlich fast Aug in Auge einem auf der kleinen Tanne dicht vor ihrem Fenster sitzenden schnaufenden Etwas gegenüber, das sie bisher noch nie gesehen hatte. Es war ein Waschbär, dessen glotzender Blick zu sagen schien, gleich bin ich ganz bei dir. Entgeistert knallte sie blitzschnell die Fensterläden wieder zu. Zum ersten Mal bedauerte sie es, kein Handy zu haben, aber immerhin gab es ein Telefon, nur, wie sich herausstellte, funktionierte es leider nicht. Als sie sich ein paar Stunden später aus der Haustür wagte, war der Waschbär Gott sei Dank verschwunden. Im Allgemeinen fanden ihre Erlebnisse mit Igeln, Hornissen, Mardern, Mäusen und scheinbar giftigen Schlangen in der Familie nur ein gedämpftes Echo. Aber ein Waschbär war ganz was Neues und fast so exotisch wie die in den Großstädten in ganzen Rudeln auftauchenden Wildschweine, die es sich in den Schrebergärten gemütlich machten und dreist jede Art von Müll durchwühlten.

Auch die Geschichte von Onkel Eduard, der mit acht Jahren aus der fahrenden Kleinbahn fiel, findet immer wieder Beachtung, wenn heutige Reisende vergleichbar Unangenehmes berichten können, wie die bei einer Hitzewelle versagende Klimaanlage im Zug und die reihenweise in Ohnmacht fallenden Fahrgäste.

Die rührende Geschichte von der kleinen Schildkröte, die die Enkeltochter ihrer Großmutter heimlich in die Reisetasche steckte, damit ihre Omi auf dem weiten Heimweg nicht so alleine war, was diese beim Auspacken furchtbar erschreckte, machte gern auf Geburtstagen älterer Familienmitglieder die Runde. Nur die robuste Tante mit dem Waschbären war anderer Meinung und sagte: »Alles Quatsch. Wahrscheinlich wollte dieses entzückende Kind das langweilige Tier einfach los sein.«

Das größte Interesse und den größten Beifall fand jedoch nach wie vor, besonders für die folgende Generation, die Unverhofft-kommt-oft-Geschichte von einer ganz neu eingeführten Regenversicherung, die Onkel und Tante in den fünfziger Jahren vor ihrem Urlaub an die Nordsee abgeschlossen hatten. Schon bei der Ankunft regnete es in Strömen, und so blieb es drei Wochen lang. Trotzdem wurde dieser Aufenthalt auf der Nordseeinsel nicht nur für sie, sondern auch für andere Gäste, die sich ebenfalls mit dieser Regenversicherung versehen hatten, zum schönsten Urlaub seit Jahren. Selbstverständlich reiste niemand ab, weil die Auszahlung vom Aufenthalt abhing. Und so herrschte auch bei den an den Kurgästen verdienenden Einheimischen Zufriedenheit. Sehr zum Leidwesen der Versicherung konnte sich die kleine Agentur auf der Insel vor Abschlüssen kaum retten, bis ihr schließlich die Formulare ausgingen. Tag für Tag wiederholte sich das Ritual. Jemand klopfte ans Barometer und rief dann in den Frühstücksraum: »Es fällt!«, was einen allgemeinen Jubelschrei hervorrief. »Dabei«, sagt der nun inzwischen zum Greis gewordene Onkel verschmitzt, »haben wir im Grunde nur den Rat des Werbespruchs ›hoffentlich Allianz versichert‹ befolgt.« Leider ist diese Art Versicherung sehr schnell wieder eingestellt worden. »Aber«, fügt er hinzu, »sie haben prompt bezahlt.«

Ganz anders sieht es bei uns Uralten mit dem Spruch »Unverhofft kommt oft« aus. Unsere täglich wechselnden Erlebnisse sind einfach zu banal, um Interesse zu finden, und für nette kleine Geschichten völlig ungeeignet. So haben mir plötzlich Sahnebecher den Krieg erklärt. Solange sie noch geschlossen sind, stehen sie wie ein Fels auf dem ihnen zugewiesenen Platz. Aber sobald ich den Verschluss entfernt habe, kann ich den Kühlschrank noch so vorsichtig öffnen, der Becher kippt um und lässt seine Sahne genau dorthin fließen, wo Lebensmittel liegen, die man nicht abwaschen kann. Ebenso geht es mir neuerdings mit meinem Herd. Viele Jahre konnte ich mich auf ihn verlassen. Damit ist es nun vorbei. Eben noch sprudelt das Wasser mit den Kartoffeln so stark, dass sich der Deckel hebt und ich die Hitze drossele, doch wie ich sie abgießen will, kochen sie offensichtlich längst nicht mehr und scheinen fröhlich zu rufen: April, April.

Nicht anders ist es mit meiner Garderobe. Bislang habe ich mir beim Zuknöpfen keine Gedanken gemacht. Aber plötzlich, von einem Tag auf den anderen, weigern sich meine Finger die Blusenknöpfe zu schließen. Nun sind meine Mitbewohner im Hochhaus alle hilfsbereite, nette Menschen. Sie nehmen Päckchen in Empfang, erbarmen sich meiner Mülltüte, öffnen mir meine Marmeladengläser und wie für die Ewigkeit zugeschraubten Fläschchen mit den Augentropfen. Aber sich nun auch noch die Bluse zuknöpfen zu lassen, geht, finde ich, zu weit. Was soll ich also tun, frage ich mich ratlos, und schon hat mein Gedächtnis den Spruch »kopfstehen und ruhn« aus der Kindheit parat. Ein paar Tage später besinnen sich die Fingerchen wieder auf ihre Pflichten. Bis dahin trage ich trotz Sommer Pullover, was von den im Fahrstuhl Mitfahrenden etwas verwundert zur Kenntnis genommen wird. »Sind Sie nicht ein bisschen zu warm angezogen? Wir haben beinahe dreißig Grad!«

Zu all diesen kleinen unerwarteten Dingen, die man im hohen Alter immer häufiger zu spüren bekommt, gehört auch die Eigenart, dass unsere Füße geradezu magnetisch von Löchern im Asphalt angezogen werden. Man kommt ins Stolpern, und schon liegt man auf der Nase, und sobald man in der Lage ist, sich wieder einigermaßen aufzurappeln, das aus der Tasche Gefallene aufzulesen, um weiterzuhumpeln, ertönt bestimmt ein Stimmchen hinter einem und ruft: »Hallo, hallo! Sie haben noch was vergessen.« Bücken tut der junge Mensch sich nicht, aber er befördert mit der Stiefelspitze einen Joghurtbecher, der in einer Pfütze gelandet ist, in meine Richtung. Kein Wunder also, dass der Gedanke »eben noch« ständig durch unsere uralten Köpfe geistert: Eben noch konnte ich meine Beine schneller bewegen und den Bus erreichen. Eben noch habe ich jede Nacht wie ein Murmeltier geschlafen, konnte ich in der Mittagshitze im Garten herumwühlen, Gießkannen schleppen, dem Unkraut den Kampf ansagen – und nun dieses ewige »Unverhofft kommt oft«.

Der einzige Vorteil ist, dass einem im hohen Alter jede Ausrede zugestanden wird. Egal, wovon wir reden, wir werden kaum Widerspruch finden, sondern beschwichtigende Zustimmung: »Du hast recht. Von dieser Seite kann man das natürlich auch sehen.« Und was lernen wir daraus? Dass es jeden alten Menschen trifft. Egal, was er früher gewesen ist und wie viel Macht er besessen hat. Jetzt heißt es nicht mehr wie früher in der Schule, eins rauf mit Mappe, sondern eins runter. Und das stetig. Dafür ist das Leben nun nicht mehr so stressig. Und haben wir uns früher nicht oft eine gewisse Narrenfreiheit gewünscht? Dass allerdings dazu anscheinend gehört, nicht mehr allein seine Bluse zuknöpfen zu können, auf diesen Gedanken wären wir nicht gekommen.

9 Die Grindelhochhäuser

Anfang der 70er Jahre galt es für mich, wieder einmal Abschied zu nehmen, diesmal von dem Kutscherhäuschen, das einer Hamburgerin gehörte. Dort hatte ich aller Engigkeit zum Trotz schöne Jahre verlebt. Zwar war die Wohnung im Parterre und so winzig, dass sie nicht mal einen Flur besaß, so dass jeder, der meine Wohnung betrat, an meinem Bett landete, und das Badezimmer bestand nur aus einem Waschbecken und dem Klo. Aber die Küche war wesentlich größer. Das kleine Fenster über dem Herd hatte ein Amselpaar mit Beschlag belegt und sich auf einem Vorsprung ein Nest gebaut. Solange die Jungen gefüttert werden mussten, war es nicht ratsam, die Lampe über dem Herd anzuknipsen. Wenn ich es vergaß, hämmerte die Amselmutter mit dem Schnabel so lange gegen die Scheibe, bis ich die Lampe wieder ausmachte. An Regentagen war es daher so dunkel, dass ich kaum erkennen konnte, was ich da eigentlich im Kochtopf hatte. Die Besitzerin des Kutscherhäuschens stammte noch aus einer alten typisch hamburgischen Kaufmannsfamilie. Die Straße, an der das Kutscherhäuschen lag, hieß im Volksmund Ise-Miese-Fiese-Straße. Aber selbstverständlich lag das Grundstück im vornehmeren Teil. Den Namen gab man ihr 1870 nach dem parallel verlaufenden Isebekkanal. Es waren jene Jahre, in denen es in einer Hamburger Büroordnung hieß: »Das Personal braucht jetzt nur noch an den Wochentagen zwischen sechs Uhr vormittags und sechs Uhr nachmittags anwesend zu sein. Zum Ausgleich für diese Großzügigkeit wird eine wesentliche Steigerung der Arbeit erwartet.«

Die alte Dame war stets tipptopp gekleidet und steckte voller interessanter Geschichten aus ihrer Jugendzeit, in der eine ihrer Cousinen zu Haus auf dem Küchentisch operiert werden musste, weil man es unpassend für ein junges Mädchen fand, sich in einem Krankenhaus den Blinddarm herausnehmen zu lassen. Ihre Lieblingsfrage an mich war: »Könnten Sie bitte mal eben?« Als sie gestorben war, musste das Haus verkauft werden. Aber es galt nicht nur von ihr, von dem Rosenstock vor dem Fenster und der

Amsel Abschied zu nehmen, sondern auch von einem Wildkaninchen, das ich von meinem Bett aus beobachten konnte. Sein größter Spaß war, sich von des Nachbarn Dackel jagen zu lassen, und zwar immer rundherum um eine Tanne mit tiefhängenden Zweigen. Wenn es außer Puste kam, sprang es mit einem großen Satz unter die Zweige und sah, gemütlich vor sich hin mümmelnd, zu, wie der tumbe Hund weiterhin der Spur folgend um die Tanne rannte.

Schon damals war es schwierig, in dieser Gegend eine einigermaßen preiswerte Wohnung zu bekommen. Ich hatte daher schon lange mit den Grindelhochhäusern geliebäugelt, den ersten Hochhäusern, die in Hamburg entstanden und anfänglich für die damalige Besatzungsmacht geplant waren. Es waren die ersten Häuser dieser Art, die ich in meinem Leben zu Gesicht bekam. Sie gefielen mir sehr, weil sie in einem parkähnlichen Gelände standen. Da es sich um Sozialwohnungen handelte, war der Andrang groß, und es gelang mir nicht, dort unterzukommen. So verschlug es mich nach Niendorf. Nichts spricht gegen dieses Stadtviertel, im Gegenteil, für Radfahrer wie mich war es mit seinem Niendorfer Gehege geradezu ideal. Aber trotzdem fühlte ich mich wie in der Fremde, wie es wahrscheinlich vielen Großstädtern geht, wenn sie ihr vertrautes Viertel mit einem anderen Stadtteil tauschen müssen. Ich vermisste die Alster, die guten Verkehrsverbindungen und den Ise-Markt mit dem Kräutermann, seinen flotten Sprüchen und der düsteren Prognose: »Eins steht hier fest, der Selbstmord liegt auf dem Löffel. Aber immer hinein mit der Schlagsahne und der Buttercremetorte. Und dann erst der Darm. Ich sage nur eins: verdreckt und versaut.«

Aber dann hatte ich doch Glück. 1976 gelang es mir, meine jetzige Wohnung in den Grindelhochhäusern zu ergattern. Als ich einzog, reichte die Buche vor meinem Fenster bis zum 4. Stock, jetzt hat sie bereits den 7. erreicht, und auch die Pappel neben dem Hochhaus, das mir gegenüberliegt, ist schon über den 14. Stock hinausgewachsen.

Der Umzug verlief problemlos. Als ich noch in dem Kutscherhäuschen wohnte, hatte ich mir das nötige Mobiliar von der Straße geholt, um damit die große Küche auszustatten. Meine Nachfolgerin, die bis dahin mit ihrer Familie in einem Gartenhäuschen auf dem Grundstück ihrer Eltern gehaust hatte, konnte dieses Mobiliar gut gebrauchen. Die Erben der alten Dame hatten mir großzügig Bett und Schrank im Jugendstil überlassen.

Die Hochhäuser, in denen ich nun mein Leben verbrachte, waren von erstklassigen Architekten entworfen worden. Ihr Komfort war für die 50er Jahre, in denen sie entstanden, geradezu sensationell. Im Wohnzimmer reichten die Doppelfenster fast bis zum Boden. Es gab einen Müllschlucker und statt in die heutigen Briefkästen wurde die Post durch einen Schlitz in der Wohnungstür geworfen. Die Belegung war bunt gewürfelt. Auch an Prominenz fehlte es nicht. Wenn die Sängerin Esther von Ilosvay mit ihrem herrlichen Alt bei offenem Fenster ihre Arien probte, was die angrenzenden Nachbarn allerdings nur bedingt erfreute, blieb jedermann, der gerade an diesem Hochhaus vorbeiging, stehen, um entzückt zu lauschen. Das Ehepaar in der Wohnung mir gegenüber war dagegen noch sehr von der altmodischen Sorte. Hier ging es nach dem Dichterspruch: »Und drinnen waltet die züchtige Hausfrau.« Bei der ersten Begegnung auf dem Flur wurde ich von ihr darauf hingewiesen, dass wir, die Mieter dieses Flurs, trotz des Putzdienstes noch einmal den Fußboden richtig zu wischen hätten, was ich mit einem höflichen Lächeln überhörte. Wie überall gab es nette und nicht so nette Nachbarn, darunter einige Sonderlinge wie zum Beispiel eine ehemalige Angestellte der Post. Als beißender Rauch durch die Ritzen ihrer Wohnungstür zog, klopften die Nachbarn bei ihr an und riefen: »Bei Ihnen brennt's!« – »Na und?« war die Antwort. »In meiner Wohnung kann ich machen was ich will.« Eine andere wiederum, bereits vom Alter sehr gezeichnet, die sich nicht mehr allein über die Straße traute, wollte grundsätzlich nur von jungen Männern zu ihrem Ziel gebracht werden. Als ich mich einmal dafür anbot, schüttelte sie energisch den Kopf, sagte »nein«, steuerte auf einen jungen Mann zu, zupfte ihn am Ärmel und deutete auf die andere Straßenseite, so dass ihm gar nichts anderes übrig blieb, als sie hinüber zu begleiten. Damals gab es bei der Wohnungsgesellschaft sogar – und gibt es vielleicht heute noch – eine Sozialarbeiterin, die für die Mieter zuständig war. Ich kam mit ihr ins Gespräch, denn im Haus gab es eine schon recht verwirrte Bewohnerin, die an Verfolgungswahn litt. Sie hielt sich gern im Dunkeln in der Nähe des Fahrstuhls auf, und sobald jemand an ihr vorbeikam, machte sie: »Huh«, worüber eine Bewohnerin so erschrak, dass sie einen Hörsturz erlitt. Die Sozialarbeiterin erzählte mir ein bisschen von ihrer Arbeit und wie schwer es sei, der alten Generation staatliche Hilfe anzubieten, denn Sozialhilfe werde als Almosen empfunden, was bei den Jüngeren auf völliges Unverständnis stieß.

Mein erster Besuch schlich sich unbemerkt in meine Wohnung. Dass ich einen Gast hatte, bemerkte ich erst nachts, als es in meinem Schlafzimmer laut zu zirpen begann. Es war ein Prachtexemplar von einer Grille. Sobald sie mich zu Gesicht bekam, verschwand sie hinter dem Heizungsrohr. Eine Woche lang versuchte ich vergeblich, sie zu fangen. Es gelang mir nicht, soviel ich mich auch abmühte. Leider konnte ich sie nicht dazu bringen, ihr Gezirpe etwas zu drosseln, und aus reiner Notwehr bereitete ich schließlich ihrem Leben ein Ende, was ich noch heute bedaure.

Läden gab es in den Hochhäusern reichlich. Vom Bäcker bis zur Konditorei, vom Delikatessenladen bis zum Fleischer, dazu ein Schuh- und Bekleidungsgeschäft und noch vieles andere. Als Jahre später ein Laden nach dem anderen schloss, war daran weniger die Konkurrenz wie Aldi oder Karstadt schuld, sondern zum Teil der Nachwuchs. Wie mir ein Ladenbesitzer erzählte, hatten die Kinder keine Lust mehr, so hart wie die Eltern zu arbeiten. Sie wollten geregelte Arbeitszeiten und weniger Schufterei, möglichst nach einer Lehre Abteilungsleiter bei Karstadt werden mit festgelegten Urlaubsterminen.

In dem kleinen Parkgelände zu Füßen der Hochhäuser waren nicht nur Tauben und viele andere Vögel zu finden, sondern auch Tiere, denen man sonst mehr in großen Parks oder in der freien Natur begegnet, wie Eichhörnchen und Wildkaninchen. Eine Zeitlang hatte ein Entenpaar den kleinen Teich, den es hier gibt, als Brutstätte gewählt und ließ sich weder von den Hunden noch von den Steinchen werfenden Kindern beeindrucken. Manchmal machte es sich das Paar sogar auf dem in den Teich geworfenen ausrangierten Kinderrad gemütlich. Und einmal sah ich es mit seiner Brut völlig entspannt Richtung Hoheluftchaussee watscheln und konnte nur hoffen, dass es diese trotz Verkehrs unbeschadet überquert hatte.

Eine Zeitlang gab es auch noch Spatzen, aber sie sind inzwischen verschwunden.

Vieles änderte sich im Lauf der Jahre. Die Straßenbahn verschwand, den Kräutermann auf dem Ise-Markt konnte ich nicht mehr entdecken, und die auf der Moorweide etablierte sogenannte »Meckerwiese«, auf der selbsternannte Redner sonntags ihre Sicht der Dinge vortrugen, gab es schon seit langem nicht mehr. Ich fand sie wunderbar und habe sie, als ich noch in dem Kutscherhäuschen wohnte, häufig aufgesucht. Aber es war ihr nur eine kurze Lebenszeit gegönnt. Vielleicht war das Weltbild einiger Redner zu düster. Der größte Teil des Publikums bestand aus Jugendlichen in hüftlangen olivfarbenen Windjacken der amerikanischen Armee, mit schwungvollen Inschriften auf dem Rücken. Dazwischen amüsierten sich die oberen Zehntausend von Harvestehude, den Pudel an der Leine, den Jägerhut auf dem Kopf, eingehakt mit dem fortschrittlichen Töchterchen, dessen sonntägliche Kleidung es aussehen ließ, als käme es gerade aus einem Obdachlosenasyl. Die Umgangssprache der Halbstarken war herzhaft. »Kuck mal«, bemerkte einer zum anderen, »dieser Blödmann da drüben ist aus

Bergedorf. Wenn du den mal alleine triffst, hau ihm ordentlich eins in die Fresse!« Der Kumpel nickte versonnen. Woanders fand inzwischen eine Diskussion statt über die damals üblichen Themen: Vietnam, Amerikaner und Kollektivschuld. Während auf dem Rednerpult ein alter Mann zur allgemeinen Heiterkeit verkündete: »Hitler war ein guter Mann.«

Es kamen die Jahre, als das Spiel mit Spraydosen großen Anklang fand und an einem der Hochhäuser stand: »Lieber Gott mach mich nicht groß, ich werd ja doch nur arbeitslos.« Als ich bei einem älteren Polizisten entrüstet über diese ewige Schmiererei Anzeige erstatten wollte, klopfte der mir väterlich auf die Schulter und sagte freundlich: »Das lassen wir lieber. Sonst sind Sie womöglich die Nächste, die eine volle Ladung ins Gesicht bekommt.« Es war jene Zeit, in der das Wort »danke« kaum noch zu hören war und ersetzt wurde durch »das steht mir zu« und vielen Jugendlichen Haschisch sozusagen als Nachtisch galt: »Haschu Haschisch in der Tasche, haschu immer waschu nasche.« Früher militärisch knapp gehaltene Verbote wurden nun mit dem Zusatz »Wir bitten um Ihr Verständnis« versehen. Das Wort

Verständnis wurde mehr und mehr zum Modewort und geisterte durch sämtliche Medien. Ein beliebtes Schimpfwort war »Rassist«: »Müssen Sie denn unbedingt im Fahrstuhl rauchen?« – »Du Rassist!«

In den 90er Jahren wurde entschieden, die Grindelhochhäuser zu renovieren. Einen kleinen Vorgeschmack, von dem was uns erwartete, hatten wir bereits durch das Auswechseln der Heizkörper und der Fenster bekommen. Aber solange wir von der Renovierung noch nicht betroffen waren, blieben wir guten Mutes und fanden alles halb so schlimm. Da hatte doch meine Generation ganz anderes überstanden. Die Unruhe begann, als mehrere pflegebedürftige Mieter in ein Heim wechselten. Ich hatte das große Glück, als Freiberufler eine Übergangswohnung zu bekommen. Aber wer sich in seiner sowieso nicht allzu großen Wohnung von einer Ecke in die andere verkrümeln musste, damit die Handwerker ihr Werk tun konnten, war nicht nur nervlich ziemlichen Strapazen ausgesetzt. Unvorhergesehene Pannen blieben nicht aus. Mal gab es einen Wasserrohrbruch, mal verweigerte ein noch nicht abgestellter Fahrstuhl seinen Dienst, mal waren die in der Verwaltung abgegebenen Haustürschlüssel unauffindbar. Außerdem fühlten sich manche Mieter benachteiligt und ungerecht behandelt. Es gab also viele Gründe, um sich mit den Mitarbeitern in den Haaren zu liegen. Ich habe mich ein wenig darüber gewundert, dass gerade in den düsteren Monaten, wo es rund um die Hochhäuser wie nach einem Bombenangriff aussah, sich nicht jemand aus dem Vorstand blicken ließ, um seinen Mitarbeitern ein wenig Trost zuzusprechen und ihnen das doch so oft erwähnte Verständnis zu zeigen, was sie in dieser schwierigen Situation dringend nötig hatten. Aber vielleicht ist mir ja ein so hoher Besuch entgangen.

Das alles ist nun schon wieder fast zwanzig Jahre her, und ich gehöre jetzt zu den Ältesten in diesem Haus. Manches hat sich verändert. Die jungen Menschen, die jetzt hier Einzug halten, sind lange nicht so verbiestert wie die Elterngeneration. Das Wort Grufti würde man von ihnen nicht hören, sind doch viele von ihnen unter der Obhut der Großeltern aufgewachsen, damit die Mütter weiter ihrer Arbeit nachgehen konnten. Endlose Diskussionen über nichts und wieder nichts sind hier nicht zu befürchten. Sie haben sich der Technik verschrieben, und das Internet ist ihr Ein und Alles. Ich empfinde es als großes Glück, dass diese Hochhäuser mit ihren Grünanlagen unter Denkmalschutz stehen. So viel Natur wird ein Großstadtmieter immer seltener finden.

Die Markise, die ich mir gleich nach meinem Einzug leistete, tut nach wie vor ihre Dienste, obwohl sie eine Menge aushalten musste. Da gab es Sturm, Regen, Hagel, kleckernde Tauben und Zigarettenstummel, Essensreste, Kaffee, Wein- und Bierreste, die ihre Flecken hinterlassen haben. Trotzdem ist sie immer noch gut in Schuss, so dass ich hoffen kann, sie hält noch ein Weilchen durch, damit ich weiterhin sagen kann: »My home is my castle.«

10 Der Single

In früheren Tagen war man alleinstehend und der Mann »Junggeselle«. Als unverheiratete Frau blieb man, egal in welcher Altersstufe, grundsätzlich »Fräulein« und konnte sich nach dem Zweiten Weltkrieg noch viele Jahre lang keine eigene Wohnung leisten. Die Gesetze waren streng. Liebe im selben Bett war nur Ehepaaren erlaubt. Während dem Mann noch hin und wieder ein Bratkartoffelverhältnis zugebilligt wurde, verbrachte das Fräulein seinen Feierabend unter den erzieherischen Blicken seiner Wirtin, einer häufig sehr energischen Witwe. Das ihm zugewiesene Zimmer war meist mit ausrangierten Möbeln bestückt, die aber der Vermieterin nach wie vor heilig waren. Kein Wunder also, dass man sich mehr und mehr nach einer eigenen Wohnung sehnte. Das alles sind Geschichten von gestern, und nur noch Auszubildende, egal welcher Richtung, nehmen jede Art von Unterbringung in Kauf, ehe sie sich in einer WG zusammentun.

Doch wir Steinalten denken mit Schauder an jene Zeiten zurück und hängen deshalb an unserer Wohnung, die wir uns mit vielen Behördengängen geradezu erkämpfen mussten. Wenn wir Glück hatten, blieb unsere Wohngegend so erhalten wie vor vierzig Jahren. Häufig mussten manche jedoch erleben, dass aus ihrem ruhigen Seitensträßchen eine sechsspurige Durchgangsstraße wurde, deren dröhnende Lastwagen Geschirr und Tischlampen zum Scheppern brachten. Wir noch einmal Davongekommenen genießen deshalb unser Heim besonders, zumal wir uns dies im Laufe der Jahre immer komfortabler eingerichtet haben. Früher war der Andrang auf preiswerte Wohnungen groß, und die Mieten stiegen schneller als der Verdienst. Aber irgendwie regelte sich das alles, man brachte Arbeit, Unternehmungen am Wochenende und Reisen in den Urlaub unter einen Hut. Das brauchen wir Steinalten nun nicht mehr, und die Wohnung wird mehr und mehr unser Ein und Alles. Gern erzählen wir den Jungen, wie viel Geduld, gepaart mit Beharrlichkeit, man vor dreißig Jahren aufbringen musste, ehe man in den Genuss der eigenen vier Wände kam. Und sie nicken verständnisvoll, denn ihnen geht es jetzt genauso.

Die Anrede »Fräulein« ist schon lange aus der Mode gekommen, auch für junge Mädchen, wie wir damals die »Twens« nannten, und erst recht für uns Uralte. Außerdem gesellen sich jetzt die Witwen zu uns. So mancher von ihnen möchte die Familie zureden, die Wohnung zu wechseln, die sei viel zu groß und dazu auch noch reichlich teuer. Aber Witwen kennen ihre Familie und wissen sich gut zu wehren. Bevormunden lassen sie sich noch lange nicht. Immer diese ewigen Ratschläge, geschmückt mit dem Zusatz: »Wir wollen doch nur das Beste für dich.« Dass sie, als die Kinder noch klein waren, dieselbe Methode angewendet haben, ist ganz etwas anderes, und dass der Nachwuchs ebenfalls bereits im Rentenalter ist, die Enkel im Beruf und einer der Enkel sogar schon den Führerschein hat, verdrängen sie. Wenn sich die Familie zusammenfindet, Wichtiges mit ihnen zu besprechen und zu regeln, schaffen sie es noch spielend, mit gewissen Bemerkungen selbst den ältesten Sohn, der gern etwas vollmundig daherredet, schachmatt zu setzen.

So mit ihrem Gehwagen durch die Gegend zuckelnd, hat die Witwe von heute durchaus noch Glücksmomente. Sie schätzt es sehr, nach langen Ehejahren endlich einmal das machen zu können, worauf sie Lust hat, ohne dass ihr jemand dreinredet. Manchmal denkt sie, dass eine große Familie einem Schiff gleicht, das die Mutter bei Sturm und Regen auf Kurs halten muss, und man einst froh war, abgesehen von ein paar Schrammen einigermaßen intakt wieder im Hafen eingelaufen zu sein. Und so findet sie beruhigend, dass sich gerade am Ende des Lebens der Sturm legt und die Wellen sich glätten.

Für ein Seniorenheim kann sie sich ebenso wenig entschließen wie wir Singles. Der ewige Zwang des Gemeinschaftslebens im und nach dem Kriege steht ihr immer noch bis zum Halse. Sie gibt aber gerechterweise zu, dass die Heime von heute nicht mehr mit denen in den sechziger Jahren zu vergleichen sind und ihre großen Vorteile haben. Ehepaaren fällt dieser vom Nachwuchs sehr begrüßte Entschluss wesentlich leichter.

Auch ich bin nun ein ewiger Single. Zwar war mir in den Jahren des wachsenden Wohlstandes nicht vergönnt, kreuz und quer durch die Welt zu reisen, aber dafür konnte ich viele Erfahrungen in puncto Betten sammeln. Es hat mich schon immer erstaunt, wie man einen Gegenstand, in dem man die Hälfte des Lebens verbringt, weniger achtet als jedes andere Möbelstück. Noch lange nach dem Krieg spähte man vorher aus, ob es an dem Ort, in den man fuhr, jemand Bekanntes gab, für den die Gastfreundschaft immer noch an erster Stelle stand, denn ein Hotel konnte man sich nicht leisten. So reizend die Gastgeber waren, so sehr ließ meist ihre einem zugedachte Schlafstätte zu wünschen übrig. Besonders in Schlössern hatte ich manchmal den Eindruck, dass mit diesen Matratzen schon sämtliche Vorfahren vorliebgenommen hatten.

Im Gegensatz zu den meisten Singles hatte ich nie ein Auto. So ist mir die unendliche Qual, die Autobesitzer meines Alters empfinden, wenn sie das Auto weggeben oder verkaufen müssen, erspart geblieben. Meinen Trost, Hamburg sei doch eine mit öffentlichen Verkehrsmitteln gut bestückte Stadt, kann ich mir sparen. Die Trauer ist zu groß, fast ebenso wie damals, als die geliebte Tochter mit einem amerikanischen Besatzer nach Amerika zog. Aber nicht nur das Auto ist zum beliebtesten Fortbewegungsmittel des Bürgers geworden, sondern seit neuestem auch wieder das Fahrrad. Leider geht man nicht sehr liebevoll mit ihm um, setzt es Wind und Wetter aus, parkt es je nach Gegebenheit an Masten, Bäumen oder Gartenzäunen. Andere Räder wiederum stehen eben noch, wie es sich gehört, in Reih und Glied und bilden plötzlich einen wirren Haufen, in dem sie sich entsetzt aneinanderzuklammern scheinen. Vielleicht ein warnendes Zeichen für uns alte Alleinlebende! Was auf uns noch alles zukommt: Arzt, Krankenhaus, Reha, Heim, samt einem staatlichen Betreuer, der womöglich, wenn man den Medien glauben will, ein schwarzes Schaf ist, das sich kaum um uns kümmert, aber uns das mühsam Ersparte nimmt oder womöglich gar das Häuschen. Aber Panik ist nicht angebracht. Da haben wir schon ganz andere Dinge im Leben gemeistert, die uns noch heute schaudern lassen. Glücklicherweise haben wir aber auch die Erfahrung gemacht, dass sich in solchen Momenten eine rettende Hand entgegenstreckt und unerwartet jemand einem tatkräftig zur Seite steht.

Selbstverständlich muss man als Single einiges dafür tun, wenn man sich den sowieso schon stark geschrumpften Freundeskreis erhalten will. An erster Stelle stehen Einfühlungsvermögen und Takt. Auch sollte man dem jungen Menschen gegenüber, der sich zum Helfen bereit zeigt, seine Wünsche so verpacken, dass sie einerseits nicht zu schwierig zu erfüllen sind, andererseits ihm das Gefühl geben, unentbehrlich zu sein. Das stimmt auch meistens, wie etwa, wenn an meinem schon recht betagten Fernseher ein Kabel anzubringen ist, damit ich im Schlafzimmer einen Kopfhörer benutzen kann, um meine Nachbarn nicht zu stören. Tatsächlich bastelt der junge Mensch irgendetwas Raffiniertes zurecht. Während ich ihn mit Lob beriesele und einen kleinen Einstein nenne, was ihm sichtlich gefällt, klingelt sein Handy. Vorsichtig legt er Schräubchen, Schraubenzieher, Flachzange und was er sonst so für seine Arbeit braucht, beiseite und fragt mit der ungeduldig klingenden Stimme eines vielbeschäftigten Managers: »Was ist?«, sagt entsetzt »O Gott«, und rennt zur Tür. Aus meinem Einstein ist wieder ein Schüler in Not geworden: Er hat den Nachhilfeunterricht in Mathe vergessen. Zurück bleibt ein Chaos, dem ich mich nicht gewachsen fühle und deshalb Einstein Nummer zwei ins Schlafzimmer bitte, den dreizehnjährigen Sohn eines Nachbarn.

Natürlich muss man aufpassen, dass die Mütter dieser jungen Helfer sie nicht zum Opfer werden lassen: »Habt ihr schon gehört, Großnichte Lilo opfert sich geradezu auf, um es ihrer kranken Omi schön zu machen.« Aber so lange ein Single sehen, laufen, einigermaßen hören und in die Glotze gucken kann, ist die Welt für die Helfer und deren Familie noch einigermaßen in Ordnung. Doch schon eine plötzliche heftige Erkältung kann den Tagesplan durcheinanderbringen. Und dann zeigt sich, ob man rechtzeitig für solche Fälle vorgesorgt hat. Schlecht sieht es aus, wenn man schneller als gedacht, den Pflegedienst in Anspruch nehmen muss, ohne Zweifel alles nette Menschen, aber sichtbar im Dauerstress. Nun haben wir Uralten das Wort Pünktlichkeit sozusagen eingeimpft bekommen und fühlen uns völlig überfordert, wenn eine Abmachung nicht eingehalten wird. Die flehende Bitte, eine vorauszusehende Verspätung von, sagen wir, einer Stunde anzukündigen, ist anscheinend nicht durchsetzbar. Aber mit wachsender Hilflosigkeit muss der Kranke noch ganz andere Einschränkungen in Kauf nehmen. So kann es dem Rollstuhlfahrer, der sich so darauf gefreut hat, die frische Frühlingsluft im Park zu atmen, passieren, dass er um die Mittagszeit schon wieder ins Bett gepackt wird, weil in der Organisation irgendetwas völlig durcheinandergeraten ist. Auch ist das Personal mal wieder äußerst knapp, und so lässt es sich nicht ändern, dass man den Patienten bereits für die Nacht vorbereitet. Die Pflegekräfte haben viel Verständnis, aber zu wenig Zeit, eine mehr und mehr verlorengehende Kostbarkeit.

Nun ist nicht jede Familie darauf erpicht, ihre Eltern mit schönen Worten in ein Heim zu drängen. Es wird hin und her überlegt und schließlich eine Lösung gefunden, die allgemein gelobt und bewundert wird. Und zunächst scheint es auch ein vollkommenes Modell zu sein, wie man Alt und Jung zusammenbringen kann, ohne dass sich beide Generationen gegenseitig auf die Nerven gehen. Allerdings ist die betreffende Familie in der glücklichen Lage, ein großes Haus mit Garten zu besitzen. Es ist bereits auf den ältesten Sohn übertragen. Das »junge« Ehepaar ist ebenfalls im Rentenalter, und die Kinder sind längst aus dem Haus. Aber beide sind noch gesund und munter, deshalb werden sie sich die Wohnung im zweiten Stock gemütlich machen. Der erste Stock ist für seinen Schwiegervater und dessen Frau vorgesehen und das Parterre für seine Eltern, die schon regelmäßig den Pflegedienst in Anspruch nehmen müssen. Im Souterrain befindet sich wie früher die Küche. Sie ist mit allem ausgestattet, was der Hausfrau das Leben erleichtert. Und so lebt man tatsächlich ein ganzes Weilchen harmonisch vor sich hin.

Aber wie häufig im Leben ändert sich die Situation blitzschnell. Die einst so tüchtige Schwiegermutter erkrankt an Demenz, einer ganz leichten, wie der Hausarzt beruhigend beteuert. Aber sie zeigt doch ihre Wirkung in zunehmender Hilflosigkeit und dem ständigen Ruf: »Renatchen, kannst du mal eben?« Der Schwiegervater ist im Großen und Ganzen, vor allem, was den Geist betrifft, noch sehr in Ordnung. Die Treppe, die er bis vor kurzem noch in jugendlichem Schwung gemeistert hat, fällt ihm schwerer, so dass seine Frau in ihrer Unsicherheit sofort nach der Tochter ruft. »Renatchen, Liebes, kannst du mal eben?« Noch lässt sich alles bewältigen, denn Renatchens Ehemann hilft, wo er kann und pflegt den Garten. Dummerweise stellt sich heraus, dass sein Hüftgelenk ersetzt werden muss. Und so fällt er für einige Zeit als Hilfe aus. Doch sobald er wieder in der Lage dazu ist, bemüht er sich, den inzwischen verwilderten Garten in Schuss zu bringen und seiner Frau auch sonst zur Seite zu stehen. Während sie das Unkraut zupft, versucht er, die Büsche zu beschneiden, und muss feststellen, dass ihm dafür eine bestimmte Gartenschere fehlt. »Tut mir leid, Liebling«, sagt er zu seiner Frau, »aber die Treppe ist für mich noch zu mühsam. Könntest du sie mir wohl holen?«

»Na klar«, sagt sie, eilt nach oben und holt ihm das Gewünschte.

»Die nicht«, sagt er stirnrunzelnd.

Als sie das zweite Mal zurückkehrt, begegnet ihr im Garten der Pflegedienst, der etwas sehr Wichtiges mit ihr besprechen möchte. Im gleichen Moment öffnet sich das Fenster im ersten Stock und ihre Mutter ruft: »Renatchen, Liebes, kannst du mal eben?« An wem bleibt schließlich alles hängen? Dreimal darf man raten!

Und was lehrt uns diese Geschichte? Sie hilft unserer Erinnerung wieder auf die Sprünge:

Egal ob Single, Ehepaar oder Lebensgefährten, unsere Generation hat schon frühzeitig und Ende des Krieges fast täglich lernen müssen, dass, was vielversprechend anfängt, durch unerwartete Wendungen zum Problem werden kann. Denn, wie es so schön heißt, »mit des Geschickes Mächten ist kein ew'ger Bund zu flechten«.

11 Mein Herzenswunsch

Auf unsere, wenn auch etwas verblümte Klage, ich kann plötzlich viel schlechter laufen, schlechter sehen oder schlechter hören, reagiert die Umwelt meist mit abgestumpfter Freundlichkeit. »Ja, ja« trösten sie uns, »das wird schon wieder besser werden«, und kommen uns gleich mit Schicksalsschlägen anderer Menschen, denen es noch viel schlechter geht. Aber Wünsche, die nicht in ihre Vorstellung von uns passen, machen Familie und Freunde ratlos und lassen sie irritiert den Kopf schütteln. Du möchtest noch einmal eine Bergwanderung genießen? Das konntest du doch schon vor zwanzig Jahren nicht mehr. – Deine größte Freude wäre es, noch einmal dorthin zu fahren, wo du deine glücklichsten Kinderjahre verbracht hast? Als wir das letzte Mal mit dir dort gewesen sind, hast du gesagt: »Was für eine scheußliche Gegend, was soll ich eigentlich hier?« Und wie reagiert der Uralte darauf? Er lächelt verschmitzt und sagt: »Damals ist nicht heute.« Auch unser gelegentliches Geseufze, dass man keine Lust mehr habe, noch sehr viel älter zu werden, löst allgemeines Unbehagen aus, und wir bekommen zu hören, wie glücklich andere Menschen wären, so ein hohes Alter zu erreichen. Aber da fragt man sich insgeheim als Uralter: wozu eigentlich?

Deshalb äußere ich meinen Herzenswunsch nach den Erfahrungen, die ich mit den Jüngeren mache, nur sehr selten: Ich hätte so gern einen Roboter, aber nicht in Form eines Kuscheltieres, eines Schmusekätzchens oder einer Robbe, sondern etwas, was uns Uralten rundum in jeder Lebenslage hilfreich zur Verfügung steht. Bald wird die kommende Generation einsehen, wie wichtig so ein Roboter nicht nur für uns, sondern auch für sie ist, damit sie in Ruhe ihrer Arbeit nachgehen und so für ihre Rente sorgen können, um die, wie sie finden, sie schon jetzt bangen müssen. Doch leider sind Erfinder und Forscher immer noch mehr damit beschäftigt, sich um das Lieblingsspielzeug der Bürger zu kümmern und das Handy mit immer mehr Schnickschnack auszustatten. So ist ihnen bis jetzt meine Phantasie weit voraus und lässt so einen Roboter, wie er meinem Geschmack entspricht, im Nu entstehen. Selbstverständlich muss er, wie es sich im Zeitalter der Emanzipation gehört, verwandelbar sein, je nach meiner Laune einmal junger Bursche, Typ Traum aller Schwiegermütter, dann wieder junge Frau, Typ Enkeltochter. Sein Gesichtsausdruck muss sich meinen Launen anpassen. Sogar zwei Namen habe ich mir bereits für meinen Roboter ausgedacht. Sie sind vielleicht etwas altmodisch, aber wie ich finde, ausdrucksstark – Siegfried und Siglinde. So, wie ich meine Nachbarn kenne, wird es zunächst viel Getuschel über meinen zweigeschlechtlichen Begleiter geben. Aber sie werden sich schneller an ihn gewöhnen, als mir vielleicht lieb ist. Bald werden sie von ihm als dem kleinen Sigi und der niedlichen Linda sprechen und ihn sich gern hin und wieder ausleihen, damit er oder sie den Hund Gassi führt, der Oma aus der Zeitung vorliest oder die Fenster putzt. Sie wissen, dass ich ein großzügiger Mensch bin und ihre Bitte nicht abschlagen werde. Wenn sie ihn längere Zeit nicht gesehen haben, werden sie sich fürsorglich, wie es im Hause Sitte ist, nach seiner Gesundheit erkundigen.

Für Siegfried / Siglinde gäbe es bei mir viel zu tun, abgesehen von den täglichen Pflichten, wie das Frühstück vorzubereiten, das Mittagessen zu kochen, die Wohnung sauber zu halten, den Staubsauger über den Boden zu jagen und gewaschene Wäsche zu plätten. Der Roboter müsste Ordnung in meine Schränke bringen und meine Manuskripte sortieren, damit ich nicht immer, was wichtig ist, wegwerfe. Auch sollte er eine gewisse Autorität ausstrahlen, damit ihm die anderen technischen Hilfsmittel nicht wie bei mir auf der Nase herumtanzen, sich der Kühlschrank nicht von innen mit Eiszapfen schmückt, die Waschmaschine im Schleudergang nicht mehr übermütig durch die Küche hüpft und das Telefon sich abgewöhnt, je nach Lust und Laune vor sich hin zu klingeln oder mitten im Gespräch einfach abzuschalten. Von welcher Firma ich ihn auch ausgeliefert bekomme, sie ist verpflichtet, sich auch um seine Kleidung zu kümmern. Ein bisschen mit der Mode sollte Siegfried / Siglinde schon gehen, das kann ich schließlich als Käufer verlangen. Sicherlich wird es ein Weilchen dauern, bis Siegfried / Siglinde gelernt hat, sich auf meine ständig wechselnde Laune, die ich mir in meinem hohen Alter leiste, einzustellen. Er muss so darauf reagieren, wie es sich gehört, mal sanft und rücksichtsvoll, mal aufheiternd und für ein Späßchen bereit. Bei starken Schmerzen wird er mir den Rücken massieren, bei verwildertem Haarwuchs mir einen schicken Schnitt verpassen, und er wird mit mir spazieren gehen. Gelegentliche technische Fehlschaltungen werden sich allerdings nicht vermeiden lassen. So kann es durchaus passieren, dass er mitten in der Nacht mit dem Staubsauger durch meine Wohnung tobt, worüber ich im Gegensatz zu meinen Nachbarn bei meiner Schwerhörigkeit nur lachen kann, ebenso wie über den plötzlich losdröhnenden Fernseher. Weniger komisch werde ich es finden, wenn er morgens um drei versucht, mich aus dem Bett zu zerren, um mich in die Badewanne zu setzen, während ich verzweifelt versuche, den richtigen Knopf zu finden, um ihn davon abzubringen.

In dem nahe gelegenen Park wird er allgemeines Erstaunen hervorrufen. Kinder werden ihn mit ihrem Rad umrunden und fragen: »Was bist denn du für einer?« Junge Frauen lassen ihr Handy sinken und schenken ihm, falls ich ihn auf Siegfried geschaltet habe, ein Lächeln. Es ist ihnen anzusehen, dass sie mein Erziehungsobjekt, wie ich ihn manchmal nenne, total geil finden. Dann bekommen sie den Shoppingblick, der sagt, koste es was es wolle, so ein Wesen muss ich auch haben.

Ich fürchte allerdings, er wird sich auch angewöhnen, was für Roboter nicht vorgesehen ist, nämlich sich selbständig zu machen, als sei er ein Mensch, was ich ihm auch zugestehe. Allerdings verlange ich von ihm, dass er bestimmte Regeln einhält, ehe er beispielsweise allein durch die Straßen läuft. Regel Nummer eins: Er muss pünktlich zu Hause sein. – Regel Nummer zwei: Solche Unternehmungen müssen geteilt werden, mal ist Jung Siegfried, mal Siglinde an der Reihe.

Trotzdem ist ein gewisses Risiko bei ihm nicht ganz auszuschließen. Dummerweise hat er sich einige meiner Unarten angewöhnt, wie den Wohnungsschlüssel von außen stecken zu lassen, die Füße nicht anständig zu heben, was sehr sturzgefährdend sein kann. So hat er mir auch abgeguckt, wildfremde Menschen anzusprechen und sie zu fragen: »Ist Ihnen auch so kalt?« Außerdem singt er von mir Gehörtes gern vor sich hin, was leider fatale Folgen haben kann, etwa, wenn eine Verkäuferin, die gerade mit einem Karton Eier beschäftigt ist, plötzlich hinter sich jemand singen hört: »Ich wollt, ich wär ein Huhn, dann hätt ich nichts zu tun, dann legt ich jeden Tag ein Ei, und sonntags hätt ich frei«, und vor Schreck die Eier fallen lässt. Dass Siegfried / Siglinde bei seinen Streifzügen durch die Straßen in einer Kneipe landen wird, ist kaum anzunehmen, da er von Öl mehr hält als von Alkohol. Siegfried wird wissen, was sich gehört, ebenso Siglinde. Sie ist ein braves Mädchen, und sollte jemand aufdringlich werden, wird sie ihn mit kleinen Stromstößen zur Vernunft bringen.

Doch Träume sind nun mal Schäume, und so wird es auch mir mit dem Roboter ergehen. Ich, die kaum in der Lage ist, ein Handy zu benutzen, werde schon an der Programmierung dieses Wunderwesens scheitern.

Doch nicht nur uns Uralten stellt sich immer häufiger die Frage – warum? Und so manchem Frischling unter den Rentnern geht es bereits ebenso. Da wäre erst einmal das Fernsehen. Warum versteht man bei dem Nachrichtensprecher jedes Wort, ja sogar im Kriegsgewirr den Korrespondenten, aber so gut wie nichts bei besonders angepriesenen Fernsehspielen? Entweder wird genuschelt, oder die Dialoge werden von überlauter Musik verschluckt.

Warum verweist man uns Alte nach den Nachrichten für weitere Informationen auf das Internet? Warum werden von den Firmen Pakete oder Päckchen wie für die Ewigkeit verpackt, so dass wir nicht imstande sind, sie zu öffnen, und wehmütig an die gute alte Schnur denken, die man, wenn es nötig war, ohne große Schwierigkeiten zerschneiden konnte. Warum sind die Überweisungsformulare der Banken so ausgestattet, dass man beim Ausfüllen große Schwierigkeiten mit den vorgegebenen Kästchen für die Zahlen hat? Auch die Pharmaindustrie könnte sich für ihre besten Kunden ein wenig mehr anstrengen. Die liebe Patientin oder der liebe Patient, wie es so schön auf der Packungsbeilage heißt, hätte es gern weniger schwammig und in lesbarer Schrift. Der Hinweis, sich bei der kleinsten Störung vertrauensvoll an den Apotheker oder an den Arzt zu wenden, ist leicht gesagt. Denen fehlt für solche Kinkerlitzchen heute die Zeit. Winzige Tabletten, dünner als ein Stecknadelkopf, sind wiederum so ungünstig in Stanniolpapier verpackt, dass es unseren steif gewordenen Fingern nur mit großer Mühe gelingt, sie ans Tageslicht zu befördern, und man froh sein kann, wenn der Tablettenknirps nicht plötzlich durch die Gegend springt oder sich in einer Ecke des Stanniolpapiers verkrümelt. Auch mit den Fläschchen für die Augentropfen haben wir uns abzumühen, denn die lassen sich nur mit fremder Hilfe öffnen. Warum gibt es in den großen Läden und in den meisten Einkaufszentren keinen Stuhl, auf dem man sich ausruhen kann? Nicht jede Frage findet die passende Antwort. Das wusste schon der Texter eines Schlagers in den zwanziger Jahren, als er dichtete: »Warum ist die Banane gelb und rot die Apfelsine, warum schläft Max zu Hause nicht, doch gerne bei Christine?«

Ach es gibt noch so vieles, womit man uns Uralten das Leben erleichtern könnte. Zum Beispiel sollte man sich mit aller Energie um die Entwicklung eines Hausroboters kümmern, anstatt ständig neuen technischen Firlefanz auf den Markt zu werfen, an dem man sich zwar ergötzen kann, aber dessen Nutzen gering ist. Da sitzt er, der ehemalige Erfinder, nun ebenfalls ein Uralter, und grübelt über einem neuen

Handy – vom Urenkel geschenkt, die Gebrauchsanweisung in mehr als zwanzig Sprachen –, das man nicht nur zur Kommunikation, sondern auch als Fieberthermometer, Schnuller und Radfahrklingel benutzen kann. Er, der große Erfinder mit seinen sprudelnden Einfällen, versteht nichts, nichts, nichts und kommt zu der Erkenntnis, dass es besser gewesen wäre, mit seinen Gaben den Uralten zu dienen und nicht die Zeit mit Lächerlichem zu verschwenden. Dann ginge es ihm jetzt auch besser. Er seufzt und spricht vor sich hin: »Der Wahn ist kurz, die Reu ist lang.«

12 Die Christel von der Post

Im Gegensatz zu dem Dichter Jean Paul, der behauptet: »Die Erinnerung ist das einzige Paradies, aus dem wir nicht vertrieben werden können«, machen die meisten von uns Uralten im Allgemeinen mit ihrer Vergangenheit nicht mehr allzu viel her, zumal für Menschen, die einen Krieg erlebt haben, die Erinnerung als Paradies nur sehr bedingt zutrifft. Das schließt aber nicht aus, dass wir immer noch gern die üblichen Klischees benutzen wie: früher war alles besser, die Kinder waren artiger, die Lehrer strenger, und es gab noch richtige Sommer, jedenfalls dort, wo wir aufgewachsen sind. Dafür schwelgt der Nachwuchs gradezu in Erinnerungen, zumindest in den Medien, obwohl er noch Lichtjahre von uns entfernt ist. Meist sind es Erinnerungen an die 60er und 70er Jahre. Ja, das waren noch Zeiten, als man viel von Flower-Power hielt, der freien Liebe frönte, den Muff von tausend Jahren bekämpfte und das

Demonstrieren statt des Studiums zum Alltag gehörte. Ehrlich gesagt fanden wir Uralten, damals schon reichlich Angegrauten, diese Jahre auch recht flott. Nur die Enkel schütteln heute den Kopf. Aber manchmal macht sich doch in unserem Gedächtnis etwas bemerkbar, was nicht nur wir, sondern auch die jüngeren Rentner unter uns vermissen. Wie schön, als der Postbote noch zweimal am Tage klingelte! Dieser hochgeschätzte Beruf fand sogar als Figur mit der bekannten Arie »Ich bin die Christel von der Post« einen Platz in einer Operette. Selbst im Krieg konnte man sich auf die Post verlassen. So bekam ich einen Brief wieder zurück, der über und über mit Stempeln versehen war und dem Hinweis: »Auf dem Friedhof unbekannt.« Im Krieg war die Post das wichtigste Bindeglied zwischen Soldaten und ihren Angehörigen. Da es auch hier eine strenge Zensur gab, auf die zu achten war, entstand der Witz von dem Soldaten, der geschrieben hatte: »Wenn ich aus dem Fenster gucke, sehe ich ins Schwarze. Mehr darf ich euch nicht schreiben.«

In früheren Jahren legten die Postzusteller zu Fuß, auf dem Rad oder auf Skiern weite Strecken zurück. Sie waren Seelentröster, wussten über die Familien ihrer Kunden Bescheid und zahlten überwiesene Gelder aus. So auch die Rente. Nach dem Krieg bekam ich auf diese Weise viele Jahre lang mein Honorar und freute mich über das Gekritzelte auf dem Beleg, denn es waren herzliche Grüße des jeweiligen Sachbearbeiters der Honorarabteilung des Springer-Verlages. Der Postbote alter Schule musste also auch noch Wechselgeld bei sich haben. Besonders beliebt war der Briefträger in jener Gegend, wo sich Fuchs und Hase gute Nacht sagen, so etwa in Bayern bei den Einödhöfen. Dort machte er spielend der Lokalzeitung Konkurrenz und berichtete, was sich so im Dorf Aufregendes ereignet hatte. Einem Bauern war die Frau weggelaufen und das mitten in der Ernte, der Expositus, wie man den katholischen Pfarrer nannte, hatte eine neue Haushälterin, die im Dorf nur »die Exposine« hieß, ein Kugelblitz war während des Gottesdienstes durch die Kirche geschwebt und hatte die Gemeinde in Angst und Schrecken versetzt.

Als in den Grindelhochhäusern die Briefe noch durch einen Schlitz in der Wohnungstür gesteckt wurden, gab es einen Briefträger, der, wenn er den Flur entlangging, eine Erkennungsmelodie pfiff, damit die alten Leute ihm die Tür öffneten. Heute hat man oft den Eindruck, vor allem in der Urlaubszeit, dass es mit der Schnelligkeit der Deutschen Post, die in ihrer Werbung sogar einen Hubschrauber bei dem Kunden landen lässt, nicht ganz so toll aussieht. Nichts gegen unsere Briefträger! Sie sind alle wie ihre Vorgänger höflich, freundlich und entgegenkommend. Aber sie werden auch gern ausgewechselt, und das womöglich vor Weihnachten, wo gebende Kundenhände Hochkonjunktur haben. Auch hat man an manchen Wochentagen das Gefühl, dass die Post den Schlusstext der Arie ihrer Christel – »aber nicht gleich, nicht auf der Stell, denn bei der Post geht's nicht so schnell« – ein wenig zu stark verinnerlicht hat, so dass ein bereits angekündigter wichtiger Brief innerhalb der Stadt mehrere Tage unterwegs ist.

In meiner Jugend hatten wir eine Briefträgerin, Frau Behrend aus dem Nachbardorf. Ich kann mich nicht entsinnen, dass sie, egal, wie hoch der Schnee lag oder Sturm und Regen wüteten, nicht mit der Post durch den Wald marschiert wäre. Als ich mich nach dem Krieg über die streng bewachte Grenze schlich, um meine

Heimat zu besuchen, und unter großen Schwierigkeiten schließlich in Rathenow landete, traf ich in Ferchesar die inzwischen alt gewordene Frau Behrend auf der Straße. Sie war nicht mehr sehr gut zu Fuß, aber sie ließ es sich nicht nehmen, mich wenigstens bis zum Dorfende zu begleiten. Beim Abschied machte sie ein sorgenvolles Gesicht und sagte: »Passense mal uff, Se müssen ja jetzt durchn Wald, und da treibt sich immer noch jern Jesindel rum. Ick bleib hier uffm Hügel stehn, und ruf alle paar Minuten ›hu hu‹. Wenn ick keene Antwort von Ihnen krieje, renn ick los und komm Ihnen zu Hilfe. Denn so janz alleene durchn Wald, dat kann schiefjehn.« Gesagt, getan. Ich marschierte los und stellte fest, der Wald sah immer noch sichtlich mitgenommen aus. Anscheinend waren die Panzer kreuz und quer durch die Schonungen gefahren. Zum ersten Mal wurde mir auf diesem vorher so vertrauten Weg ziemlich mulmig. Aber Frau Behrends mit der Entfernung immer schwächer werdendes ›hu hu‹ tröstete mich. Jetzt im Nachhinein fällt mir ein, dass sie wohl während eines Überfalls kaum ein Retter in der Not hätte sein können.

Für uns ist es noch gar nicht so lange her, dass

Briefeschreiben in den Familien eine große Rolle spielte. Als Kinder mussten wir unter den strengen Blicken unserer Mütter in Schönschrift formvollendete und dennoch jubelnde Dankesbriefe für die herrlichen Weihnachtsgeschenke schreiben, auch wenn die Enttäuschung groß gewesen war, weil die Patentante einen mit etwas Selbstgestricktem bedacht hatte anstatt mit den glühend gewünschten Schlittschuhen. Man schrieb Briefe nicht nur zum Geburtstag und zu Weihnachten, sondern auch zwischendurch an Freundinnen, mit denen man so die herrlichsten Geheimnisse teilte. In den Romanen aus früheren Zeiten verursachten Briefe dagegen viele Tragödien, in denen die Heldinnen beim Lesen der Abschiedsworte ihrer großen Liebe reihenweise in Ohnmacht fielen. Auch Briefromane waren damals eine beliebte Lektüre. In unserem Bücherschrank gab es ein Buch mit dem Titel: »Briefe, die ihn nicht erreichten«, von dem ich nur noch in Erinnerung habe, dass es sich um ein Ehepaar handelte. Eine Sensation war 1936 der Roman von Dinah Nelken »Ich an dich«, der als Briefwechsel zweier junger Menschen erzählt wird.

In der heutigen Zeit ist die schärfste Konkurrenz des früheren Briefes die E-Mail, so dass wir Uralten, die kein Internet haben, auf nette Briefe junger Menschen verzichten müssen. Dafür sind unsere Briefkästen jetzt außer mit den üblichen Nachrichten von Banken, Behörden oder anderem Langweiligen mit Merkwürdigkeiten gefüllt. So hat mir jemand, der offensichtlich der deutschen Sprache noch recht unkundig war, angeboten, mich mit einer ganz besonderen Art von Sex glücklich zu machen. Oder es ist der neunundneunzigste Pizzaservice, der sich anpreist. Aber vielleicht, vielleicht bekomme ich ja so ein Wunderding von Computer geschenkt oder schaffe es mir an, mit dem ich nicht nur E-Mails empfangen, sondern mich auch weiterbilden kann. Doch den Haken an der Sache kann ich schon jetzt benennen. Bereits einen Tag später hat mein Gedächtnis wieder gelöscht, wie dieses Wunderwerk überhaupt in Betrieb zu nehmen und zu bedienen ist. Ganz anders verfährt mein Gedächtnis mit der Geschichte von unserer alten Briefträgerin, obwohl sie fünfundsechzig Jahre zurückliegt. Ihre feste Überzeugung, mich mit einem ›hu hu‹ beschützen zu können, erfüllt mich noch heute mit Rührung und Dankbarkeit.

13 Eine Familiengeschichte

Bis jetzt habe ich wenig von der Welt gesehen. Es ist mir ein Gräuel, auf Flughäfen herumzuhocken, auf überfüllte Züge zu warten oder mit dem Auto im Stau zu stehen. Unermüdlich versuchen meine Freunde aus den Studienjahren, mich mit diesem oder jenem angepriesenen Mädchen zu verkuppeln. Aber ich kann mich zu einer festen Beziehung nicht entschließen. Sie schütteln darüber den Kopf und meinen: »Du bist doch kein Greis mit irgendwelchen Gebrechen, sondern in der Blüte deiner Jahre! Es muss ziemlich nervig sein, ewig und drei Tage mit Eltern und Großmutter zu verbringen.«

Ich verzichte auf eine Erklärung, lächle und sage: »Jedem Tierchen sein Pläsierchen.«

Sie lachen und bewundern mal wieder den großen gepflegten Garten, das Glanzstück – die Linde vor dem Haus –, den kleinen von mir angelegten Weiher, die Terrasse mit den Blumenkübeln und nennen das Haus eine Villa.

»Hübsch hast du es hier ja und ruhig dazu. Aber so eine Idylle ist ja wohl nicht alles im Leben!«

»Für mich schon«, sage ich.

Sie schütteln den Kopf und lassen gutmütig durchblicken, was leider stimmt. Ich bin nun mal ein ziemlich fauler Hund, dazu maulfaul, und wenig geneigt, meine Familiengeschichte vor ihnen auszubreiten.

Es war meine Urgroßmutter, die mich hier so fest verankert hat. Heute ist ihr Geburtstag. Sie wäre hundert Jahre alt geworden. Haus und Garten erinnern mich auf Schritt und Tritt an sie. Mit ihr war ich in meiner Kindheit und Jugend am meisten zusammen. Aber auch meine Eltern haben bis zum heutigen Tag nie die Neigung verspürt wegzuziehen. Ebenso wenig wie meine Großmutter, die jetzt seit langem in Urgroßmutters Alter ist, aber keine Lust verspürt, in ein Heim zu wechseln. Wie schnell die Zeit vergeht, sehe ich an meinen Eltern, die sich, wie ich finde, geradezu im rasenden Tempo dem Rentenalter nähern. Die Jahre haben es auch fertiggebracht, dass in unserer kleinen Familiengemeinschaft nicht mehr die Frauen die Oberhand haben und Vater keinen Grund mehr findet, mir seufzend über den Kopf zu streichen und zu sagen: »Wie gut, dass es wenigstens dich in diesem Weiberstall gibt.«

Natürlich hing ich, und hänge ich noch, auch an meinen Eltern. Aber in meiner Kindheit war die Uromi nun mal die Hauptperson, und sogar mein Vater hatte ganz schön Dampf vor ihr.

Als er zum ersten Mal in diesem »Weiberstall« aufkreuzte, war der Gedanke an eigene Kinder für ihn noch in weiter Ferne, er hatte nur den einen Wunsch, so schnell wie möglich seine Armgard, wie meine Mutter heißt, als Verlobte mit einem Ring zu schmücken. Es waren die 60er Jahre, in denen man die Psychiatrie noch Irrenanstalt nannte, lange Haare den Familienfrieden störten, man mit Lockenwicklern ins Bett ging und die Mütter seufzten: »Was sollen bloß die Leute denken.« Es war auch die Zeit des Mauerbaus und in Westdeutschland der unterschwelligen Angst, nun stehe »der Russe« auch bald vor unserer Tür.

Mein Vater lernte seine Armgard in einer Wohngemeinschaft kennen, die es sich in zum Abriss vorgesehenen Häusern vorübergehend gemütlich gemacht hatte. Die Gleichheit von Mann und Frau, was die Arbeit betraf, konnte sich hier noch nicht so recht durchsetzen. Schuld waren die Mädchen oft selbst, weil sie zwar rumschimpften, wenn die Jungs Badezimmer und Küche in einem Chaos hinterließen, dann aber doch selbst aufräumten. Die Bewohner waren eine bunte Mischung aus den verschiedensten Schichten, und das betraf auch ihre Ausbildung. Nicht alle von ihnen besuchten eine Universität, sie waren Lehrlinge oder wie es neuerdings heißt: Auszubildende, und die daraus resultierenden unterschiedlichsten politischen Ansichten führten zu heftigen Diskussionen. Allerdings entstanden diese oft auch aus ganz persönlichem Ärger, was man sich natürlich nicht eingestehen wollte, zum Beispiel darüber, dass die Studenten oft feierten und in den Tag hinein schliefen, während die Lehrlinge sich diesen Luxus nur am Wochenende leisten konnten. Mein Vater hatte sich in seine Armgard verliebt, nicht nur, weil sie immer wie aus dem Ei gepellt aussah, sondern auch sehr schlagfertig war. Bei dem endlosen Gerede brachte sie es fertig, die Kampfhähne verstummen zu lassen, indem sie rief: »Was für ein

Schwachsinn! Wir sind doch hier nicht im Kindergarten. Trag lieber mal jemand den Mülleimer raus.«

Als ihr mein Vater ganz förmlich einen Heiratsantrag machte, sagte sie: »Berni, überlege es dir gut. Lern erst mal meine Sippe kennen. Du wirst dich noch wundern.«

»Immerhin«, sagte er, »waren sie einverstanden, dass du während des Studiums nicht zu Hause wohnst, sondern in eine Wohngemeinschaft gezogen bist.«

Ein paar Tage später machte er sich auf den Weg zu ihrer Familie. Das Viertel, in dem sie wohnte, lag zwar nicht sehr weit entfernt vom Zentrum der kleinen Universitätsstadt, aber wie es ihm schien, kam er in eine völlig andere Welt. Hier gab es viel Grün, gepflegte Gärten, eine großzügig angelegte Parkanlage sowie hübsche Häuser, an denen der Krieg anscheinend keine Spuren hinterlassen hatte. Das Haus von Armgards Eltern fand er schnell, denn seine zukünftige Frau hatte ihm etwas geschildert, woran das Grundstück leicht zu erkennen war – die schon damals wunderschöne Linde, unter der ich mich noch heute am liebsten vom Nichtstun ausruhe. Er öffnete die Gartenpforte und näherte sich der Terrasse. Beim Anblick der dort versammelten, wie er meinte, Familienangehörigen, traf ihn fast der Schlag. Er hatte das Gefühl, in ein Altersheim geraten zu sein, denn außer seiner Angebeteten saßen dort munter plaudernd mindestens ein halbes Dutzend in seinen Augen mumienhafter Geschöpfe, und sofort schoss ihm der Anfang einer Ballade, die er im Gymnasium hatte pauken müssen, durch den Kopf: »Urahne, Ahne, Mutter und Kind in dumpfer Stube beisammen sind …«, wobei wie er einsah, das Wort »dumpf« an diesem herrlichen Frühjahrstag fehl am Platz war. Die Sonne schien, und es wehte ein lauer angenehmer Wind. Zu seiner großen Erleichterung erwies sich seine Feststellung als falsch. Mehrere Personen entpuppten sich als Gäste oder mit der Uromi befreundete Nachbarinnen. Jetzt, da mein Vater das damalige Alter meiner Großmutter längst überschritten hat, muss er jedes Mal über sein Entsetzen lachen.

Was nicht unmittelbar zur Familie gehörte, verabschiedete sich dann auch sehr schnell, und es wurde ein gemütlicher Nachmittag, bei dem man ihm so ganz nebenbei ein wenig auf den Zahn fühlte und die Uromi seinen zukünftigen

Beruf als Ingenieur recht wohlwollend aufnahm. Aber auch er erfuhr einiges Interessante aus dem Familienleben. Haus und Garten hatte die Uromi nach dem Zweiten Weltkrieg von einem ihrer Großonkel geerbt. Dazu stellte sich heraus, dass sämtliche Vorfahren nicht im Bett, sondern als Offiziere in Kriegen den Tod gefunden hatten und die Frauen schon im Ersten Weltkrieg wie die im Zweiten die Kinder allein großziehen mussten. Tüchtig waren sie wohl allesamt gewesen. Die Uromi hatte nach der Flucht zunächst in einer Gärtnerei gearbeitet, und die Großmutter war in den fünfziger Jahren Stenotypistin im Bundestag gewesen und erzählte sehr anschaulich, dass die Herren Abgeordneten kein Blatt vor den Mund nahmen, wenn sie sich gegenseitig in die Haare gerieten. Jetzt war sie Abteilungsleiterin in einer größeren Firma.

In der WG nahm man die Schilderung dieses Nachmittags mit den drei Frauen sehr unterschiedlich auf. Während der weibliche Teil eine Art Frauen-WG zukunftsweisend fand, reagierten die politisch Angehauchten eher befremdet und vertraten die Ansicht, er sei wohl in ein typisches Faschistennest geraten, oder wie solle man sonst Menschen beurteilen, die sich damit brüsteten, seit Generationen dem Offiziersstand anzugehören? Und wie reagierte meine Mutter, dieses Engelsgeschöpf, darauf? Sie warf dem großmäuligen Studenten, der diese Weisheit von sich gab, einen spöttischen Blick zu und sagte: »Jemand, der nachts das Waschbecken mit dem Klo verwechselt, sollte besser die Klappe halten.« Es ist eine der Lieblingsgeschichten meines Vaters.

Es wurde geheiratet, in das alte Haus gezogen, und schneller als eigentlich geplant kam ich zur Welt. Kaum gehörten meine Eltern zur arbeitenden Bevölkerung, wurden sie förmlich von Arbeitswut gepackt. Sogar die Großmutter war beruflich noch sehr engagiert, so war für mich nur noch die Uromi da. Kein Wunder also, dass sie mir fast vertrauter wurde als meine Eltern. Bereits als Baby schleppte sie mich überall mit, wohin sie eingeladen war, egal ob es den Gastgebern passte oder nicht. So bekam sie oft zu hören: »Hat denn das Kind keine Mutter?« Aber diese und ähnliche Bemerkungen ließen sie kalt. Mich auf dem Arm, sagte sie mit liebenswürdigem Lächeln: »Guck mal, wie er sich freut. Er erkennt dich wieder.« Und die Gastgeberin sagte, wenn auch mit leichtem Widerstreben: »Niedlich ist er ja wirklich.« Gott sei Dank war ich kein Brüllaffe. So nahm man mich schließlich ergeben in Kauf.

»Deine Urgroßmutter«, sagte der Taxifahrer mit Bewunderung, »ist noch eine richtige Lady«, obwohl das Trinkgeld keineswegs üppig ausgefallen war, sondern wie sie fand, angemessen. Ebenso wie meine Mutter waren auch Großmutter und Urgroßmutter immer tipptopp gekleidet. Schiefe Absätze oder ungepflegte Haare gab es bei ihnen nicht. Doch die Uromi war auch Meisterin in der Zurechtweisung patziger Verkäuferinnen. Wenn diese das vorgezeigte Kostüm oder den Mantel mit ungeduldig erhobener Stimme als geradezu geschenkt bezeichneten, lächelte sie die Urgroßmutter freundlich an und sagte: »Wie schön für Sie, dass Sie sich so etwas leisten können. Ich kann es jedenfalls nicht.«

Im Großen und Ganzen war sie recht ausgeglichen, aber gelegentlich liebte sie es, ihre Familie so richtig aufzumischen, vor allem ihre Tochter, meine Großmutter, und das mit Vorliebe beim sonntäglichen Mittagsschmaus, dessen Herstellung Großmutters Aufgabe war.

Doch statt des zu erwartenden Lobes bekam sie zu hören: »Deine Haare sehen ja mal wieder gräulich aus.«

Worauf ihre Tochter, die grade beim Friseur gewesen war, prompt einschnappte und mit hoher Stimme rief: »Immer meckerst du an meinen Haaren herum. Lass mich, lass mich!«

Mami mischte sich mit »Das ist ja hier wieder mal wie im Kindergarten!« ein. Dabei waren weder sie noch ich je in einem gewesen.

Vater sagte unwillig: »Also wirklich, nun macht mal 'n Punkt!«

In solchen Momenten lächelte die Uromi zufrieden und sagte mit sanfter Stimme zu ihrem Schwiegerenkel: »Du hast recht, Bernhard.«

Sie liebte es, französische Vokabeln in die Unterhaltung zu streuen. Wenn irgendetwas in der Familie passiert war, rief sie beruhigend: »Das ist doch nur ein kleines Malheur und nicht der Rede wert!« Sie nannte ihren Regenschirm einen Parapluie und sprach, wenn sie über andere Leute herzog, nicht von einem Gerücht, sondern von einem Ondit.

Mitmenschen waren entweder besonders »nette Personen« oder besonders »grässlich«. Allerdings hatten Letztere die Chance, sich im

Laufe der Zeit zu einer ganz »netten Person« zu entwickeln.

Meine Urgroßmutter war als Tochter eines Generals nach der allgemeinen Meinung, Kinder sieht man, aber man hört sie nicht, erzogen worden. Das Internat, dessen Besuch in ihrer Familie zur Selbstverständlichkeit gehörte, war ein Pendant zum Kadettenkorps. Auch hier bläute man den Mädchen die preußischen Tugenden ein, wozu an erster Stelle die Sparsamkeit gehörte und der unbedingte Gehorsam. So durften grundsätzlich den Oberen nicht der Rücken zugewendet werden, man hatte die Zimmer rückwärts und knicksend zu verlassen.

Ich liebte am meisten die Geschichten aus der Kindheit, als sie noch zu Hause aufwuchs, weil sie mir ein angenehmes Gruseln verschafften. Wie etwa ihre Schilderung, dass sie monatelang einen sogenannten Geradehalter tragen musste, dass man, um ihr das Nuckeln auszutreiben, den Daumen mit Senf einschmierte, sie jeden Morgen mit kaltem Wasser abgoss, weil man das für gesund hielt, und sie in der Dorfschule entweder zur Strafe auf Erbsen knien musste oder mit dem Gesicht zur Wand in die Ecke gestellt wurde. Aber am meisten liebte ich jene

Geschichte, als sie ihr Vater, also mein Urgroßvater, aus Versehen im Keller eingeschlossen hatte, was erst sechs Stunden später bemerkt wurde.

Im Bett liegend sagte ich schläfrig: »Erzähl noch mal, wie du im Keller gesessen hast und eine fette Ratte über deine Füße gerannt ist. Waren es wirklich sechs Stunden?«

Die Uromi wusste, was ich hören wollte, bückte sich zu mir herunter und flüsterte: »Es waren zehn!«

Ich tat einen tiefen zufriedenen Seufzer und war schon eingeschlafen, ehe sie das Licht ausgemacht hatte.

Bevor ich in die Schule kam, half ich ihr mit Begeisterung im Garten, unterstützte sie beim Gießen mit einer kleinen Gießkanne, beim Unkrautzupfen und beim Obstpflücken, wobei natürlich mehr in meinem Magen als im Körbchen landete. Doch mit den Jahren schwand die Lust auf die Gartenarbeit. Nur an Himbeeren, Erdbeeren und Stachelbeeren zeigte ich weiterhin großes Interesse und auch an Uromis ständigem Ärger, den Karnickeln. Ich bewunderte ihre Fixigkeit, wie sie durch den Garten flitzten, das frisch Gepflanzte in kürzester Zeit ratzekahl fraßen und tiefe Löcher in die Beete buddelten. Gelegentlich fühlte ich mich als kühner Jäger und beschoss sie mit dem Katapult, was sie aber völlig unbeeindruckt ließ. Einmal, als meine Uromi und ich es uns auf der Terrasse gemütlich gemacht hatten, war sogar ein winziges Karnickel an uns vorbeigehoppelt, durch die offene Tür ins Wohnzimmer geflitzt, auf das niedrige Sofa gesprungen und hatte sich dort auf Großmutters Seidenkissen niedergelassen. Es war Wochenende, und die Eltern und Großmutter waren zu Hause, und so sollte sich schneller als ein heraufziehendes Gewitter ein Familienkrach entwickeln, denn die Großmutter brach beim Anblick dieses Tiers zwischen ihren neubezogenen Sofakissen fast in Tränen aus. Die Uromi war aufseiten des Kaninchens, meine Großmutter, die diesen unerwünschten Gast verjagen wollte, rief: »Lass mich, lass mich!« Vater sagte unwillig: »Also wirklich, macht mal 'n Punkt!« Und meine Mutter sprach mal wieder vom Kindergarten.

Alles in allem hatte ich eine herrliche Kindheit. Damals konnte man noch auf den Straßen Fußball spielen, und niemand fragte: »Wo warst du?« Nur zu den Mahlzeiten wurde von mir absolute Pünktlichkeit verlangt. Gelegentlich fiel mir auf, ohne dass ich weiter nachhakte, dass so gut wie nie über meinen Großvater mütterlicherseits geredet wurde. Die Großeltern väterlicherseits sah ich höchstens einmal im Jahr. Das lag, wie mein Vater mir erklärte, an den vielen Terminen, die sie hatten.

Ich war jetzt fünfzehn, und in den letzten Jahren hatte sich so manches verändert. Statt der Russen standen hier in Westdeutschland Terroristen vor der Tür, die Großväter hatten dem Teufel gedient und waren allesamt Verbrecher, und der Jugendkult stand in voller Blüte. Zu ihm gehörte der Pferdeschwanz, mit dem sich die Jungens eher schmückten als die Mädchen. Ältere Herren, also so um die vierzig, zeigten sich neuerdings gern mit Koteletten, einem Bartschnitt, der ihnen missbilligende Blicke der Ehefrauen eintrug. Und wer sich als Dreißig- bis Vierzigjähriger jugendlich gekleidet in eine Disco wagte, bekam zu hören: »Jetzt kommen die schon zum Sterben her.« Die Lieblingsworte der Medien waren »Verständnis« und »Das steht dir zu«, junge Lehrer boten den Schülern das Du an und gaben sich kumpelhaft.

Der Zeit entsprechend sollte ich ein Referat über meinen Großvater halten, der ja am Zweiten Weltkrieg teilgenommen haben musste. Dabei stellte ich mal wieder fest, dass ich im Gegensatz zu den anderen Schülern nicht die geringste Ahnung von ihm hatte. Ich wusste nicht einmal, wie ich freimütig erklärte, ob er im Krieg gefallen, in Kriegsgefangenschaft geraten, vermisst oder einfach gestorben war, was, wie der Klassenprimus meinte, ein sehr bedenkliches Zeichen sei und vermuten ließ, dass dieser Opa wahrscheinlich ein wilder Nazi gewesen war. Einerseits konnte ich diese Vermutung nicht auf meiner Familie sitzenlassen, andererseits fand ich es ganz schick mit so einem Großvater geschlagen zu sein, und so knöpfte ich mir die Uroma vor. Trotz ihrer dreiundachtzig Jahre wühlte sie mal wieder im Garten. Als ich sie ansprach, fühlte sie sich durch meine Gegenwart sichtlich belästigt, drehte sich zu mir um, stützte sich auf die Hacke und sagte unwirsch: »Was willst du?«

»Alles über meinen Opa erfahren«, sagte ich flapsig.

»Und warum?«

»Weil nie über ihn gesprochen wird.«

Sie sah mich missgelaunt an. »Du könntest dich auch mal wieder an der Gartenarbeit beteiligen, statt mir dumme Fragen zu stellen, und nuschle nicht so, ich verstehe ja kein Wort.«

»Warum schweigt ihr ihn tot? Ich bekomme immer nur vom Urgroßvater zu hören. War er vielleicht ein begeisterter Nazi? Wie viele Menschen hat er denn umgebracht?«

Uromi ließ die Hacke fallen. Einen Augenblick dachte ich, jetzt klebt sie dir eine. Aber das tat sie nicht, sondern fragte inquisitorisch: »Wer hat dir denn diesen Quatsch erzählt?«

»Die Vermutung liegt doch nahe«, sagte ich gestelzt.

»Da ist was dran«, sagte sie. »Aber davon kann keine Rede sein.« Sie seufzte. »Ich sehe schon, hier gibt es doch einiges aufzuklären. Am besten, wir setzen uns unter die Linde und reden darüber. Aber ich sage dir gleich, es ist alles viel weniger dramatisch, als du es dir zurechtlegst, und es gibt schon überhaupt keinen Grund, den Richter zu spielen.«

Was ich zu hören bekam, war in meinen Augen eher enttäuschend, denn zugegebenermaßen war mir im Augenblick mein Referat wichtiger als mein toter Großvater. Mit der Tatsache, dass er Zahlmeister bei der Wehrmacht gewesen war, würde ich wenig Eindruck machen. »Na und«, sagte ich mürrisch. »Du tust so, als hätte er im Knast gesessen.«

»Natürlich nicht! Nur, er war eben kein richtiger Soldat. Obwohl er zur Wehrmacht gehörte, galt er bei der Truppe nicht viel, und in so was verliebt sich ausgerechnet deine Großmutter, die aus einer alten Offiziersfamilie stammt. Er sah gut aus, das muss man schon sagen, war fleißig und pflichtbewusst, aber gleichzeitig auch ein Unglücksrabe. Bei seinem ersten Besuch bei uns ist er auf der Kellertreppe ausgerutscht und hat sich das Schlüsselbein gebrochen, und dann, ein paar Wochen nach der Hochzeit, deine Großmutter war bereits schwanger, dieser Tod. Er ist nämlich an einer Kartoffel erstickt. Mit dem Nationalsozialismus hat das also wirklich nichts zu tun.« Sie legte ihren Arm um mich. »Junge, mach doch nicht so ein bedeppertes Gesicht.«

Ich sah sie misstrauisch an und wiederholte: »An einer Kartoffel erstickt? Das ist doch kein Grund, ihn totzuschweigen. Irgendwas ist faul an deiner Geschichte.«

»Faul ist«, sagte sie, »dass meine Familie ihm

gegenüber auf so hohem Ross saß. Aber Hochmut kommt vor den Fall. Das haben wir nach dem Krieg knüppeldick zu spüren bekommen, doch mit dem Nationalsozialismus hat das wirklich nichts zu tun. Zunächst ließ der Ausbruch des Krieges die Bevölkerung vor Schreck erstarren. Aber dann, als sich die Siege häuften, gab es auch viel Begeisterung, und man hatte das Gefühl, nur im Felde da ist der Mann noch was wert.« Uromi seufzte. »Na ja, diese Art von Verzückung hat sich, wie du weißt, ja sehr schnell gelegt. Bald gehörte der Tod durch die vielen Bombenangriffe und die näher rückende Front auch in der Heimat zum Alltag, und dein Großvater geriet mehr und mehr in Vergessenheit. Dabei hätten wir doch allen Grund gehabt, ihm dankbar zu sein, dass er uns deine Mutter hinterlassen hat, die unsere ganze Freude wurde, und einen Enkelsohn, der ihm immer ähnlicher sieht. Dass sie ihren Vater nicht mehr erlebt hat, war für im und nach dem Krieg Geborene ganz normal.«

»Ist das alles?«, fragte ich schlechtgelaunt, denn ein böser Nazi würde beim Lehrer sicher besser ankommen, und ich hätte eine gute Note erhalten.

Meine Vermutung erwies sich als richtig, ich bekam für mein Referat nur ein Befriedigend.

Was außerdem noch in meiner Familie passiert war, erfuhr ich sehr viel später durch meine Mutter. Meine Großmutter hatte sich nach dem Krieg unsterblich in einen englischen Offizier verliebt, der sie unbedingt heiraten wollte, was aber an seinen Eltern scheiterte, die ihm kühl erklärt hatten: »Mit einer Deutschen kommst du uns nicht ins Haus!«

Meine Großmutter ist nun die älteste Mitbewohnerin. Das Berufsleben liegt längst hinter ihr. Aber bis vor einigen Jahren arbeitete sie noch regelmäßig als Grüne Dame ehrenamtlich in einem Krankenhaus. Meine Eltern sind in Kürze ebenfalls Rentner und wollen viel reisen. Wenn mich Vater im Liegestuhl auf der Terrasse faulenzen sieht, sagt er halb scherzhaft, halb missbilligend: »Müßiggang ist aller Laster Anfang.« Ich gebe zu, für Müßiggang habe ich eine große Schwäche. Trotz Studium ist beruflich aus mir nicht viel geworden. Ich arbeite hin und wieder als Datenverarbeiter. Trotz meiner Trägheit ist der Garten gut in Schuss, allerdings ist das nicht mein Verdienst, ich kann mir ohne

Schwierigkeit einen Gärtner leisten. Denn ich, der faule Hund, brauche nicht dem schnöden Mammon nachzujagen. Nicht nur, dass ich im Voraus einen schönen Batzen Geld von meinen Großeltern väterlicherseits bekommen habe, ich bin jetzt auch der Alleinerbe von Linde, Garten und Haus, mit dem Einverständnis von Großmutter und Mutter. Vielleicht verdanke ich ja mein Erbe der Ähnlichkeit mit meinem Großvater und dem schlechten Gewissen darüber, dass alle ihn so schnell vergessen haben. Aber wozu das Grübeln? Die Linde fängt grade an zu blühen. Der Geruch weckt Erinnerungen.

In dem Moment kommt ein Winzling von Karnickel an mir vorbeigehoppelt und flitzt durch die offene Tür ins Wohnzimmer. Guck mal, denke ich, wie damals, als einer seiner Urahnen dasselbe tat und damit einen Familienkrach auslöste, begleitet von der üblichen Klage der Großmutter, dass nie jemand die Tür schließen würde. In meiner Erinnerung habe ich wieder die Stimme der Urgroßmutter von früher im Ohr, die ruft: »Le boeuf, der Ochs, la vache, die Kuh, fermez la porte, die Tür mach zu!«

14 Das Gewohnheitstier

In meiner großen Verwandtschaft gab es davon eine Menge, darunter einige mit seltsamen Angewohnheiten. Da war beispielsweise Onkel Karl, der an allem, was er trank oder aß, schnupperte, womit er gelegentlich die Gastgeberin verstimmte. Onkel Ernst wiederum rückte in jedem Raum, auch wenn er ihn als Gast betrat, alles gerade, die Vase auf dem Tisch, die Bilder an der Wand und, mit seiner Frau in einem Café sitzend, deren Hütchen, während Onkel Erich seinem ausgestopften Dackel nach dreißig Jahren immer noch jeden Morgen den Kopf streichelte und »braver Hund« sagte, obgleich dieser einstige Liebling inzwischen mehr aus Motten als aus Dackel bestand. Reichlich merkwürdig fand die Verwandtschaft auch, dass Tante Luischen mindestens einmal am Tag einen Satz mit »Fritz hätte dazu gesagt« begann, dabei war dieser ehemalige Verlobte seit dreißig Jahren tot. Bei einem seiner morgendlichen Spaziergänge hatte ihn ein passionierter, sehr kurzsichtiger Jäger für einen Keiler gehalten und ihm eine Kugel verpasst.

Wenn diese Geschichten mal wieder im engen Familienkreis kursierten, sah meine Mutter unseren Vater an und sagte bedeutungsvoll: »Wer im Glashaus sitzt …« Vater schmunzelte, rief: »Wie recht du hast!« und streckte seine Hand nach der Petroleumlampe, um sie wie gewohnt niedriger zu stellen. Worauf Mutter in scharfem Ton sagte: »Lass das bitte, ich möchte nicht im Halbdunkeln sitzen!« und den Docht wieder nach oben schraubte.

Wir Kinder sahen uns an und kicherten. Denn Vater, selbst das Prachtexemplar eines Gewohnheitstiers, machte sich gern bei anderen darüber lustig. Seine Gewohnheiten wurden durch eine gewisse märkische Sturheit unterstützt. So war er trotz unseres Gejammers nicht davon abzubringen, mit den Pferden möglichst nur Schritt zu fahren, denn diese mussten so oft wie möglich geschont werden, da sie in seinen Augen die kostbarsten Geschöpfe auf der Welt waren. Ebenso pflegte er, kurz bevor das Mittagessen auf dem Tisch stand, unauffindbar zu verschwinden, und, wenn meine Mutter schon vor Gereiztheit förmlich zitterte, wieder aufzutauchen, seine Taschenuhr zu ziehen und mit unschuldiger Stimme zu fragen: »Warum essen wir denn heute früher?«

Später, als wir Kinder in die aufmüpfigen Jahre kamen, schluckten wir unseren Unmut über die Warterei nicht mehr hinunter, aber unsere Mutter stimmte uns nicht zu, sondern sagte nur: »Na da«, was so viel hieß wie: daran lässt sich nichts ändern. Sie sagte das verhältnismäßig selten, höchstens dann, als Vater es sich nicht abgewöhnen konnte, die Haustür oft sperrangelweit offen zu lassen, so dass im Winter die Zimmertemperatur in unserem sparsam beheizten Haus noch mehr nach unten rutschte und sich unser Bernhardiner in die Küche verzog. Kriminelle Elemente, wie man alle Diebe nannte, waren in dieser Jahreszeit im Dorf nicht zu befürchten. Auch im Sommer drohte keine Gefahr. Wer immer beim Anblick der offenen Tür auf dumme Gedanken kam, erschrak halb zu Tode, wenn er einen Blick in den Flur warf, an dessen Ende es sich der Bernhardiner wohl sein ließ und ein drohendes Knurren ausstieß. Im Winter fiel unserer Mutter, wie sie fand, eine gute Lösung ein. Haus, Hof und Stallungen konnte man mit der Stimme leicht erreichen, und so ertönte ihr diplomatisch an alle gerichteter Ruf: »Macht mal jemand von euch die Haustür zu?«, sobald Vater das Haus verlassen hatte. Der war jedoch eines Tages wieder umgekehrt, weil er etwas vergessen hatte, und lobte sie: »Gute Idee, wofür hat man schließlich Kinder!«

Als Gewohnheitstier besaß er noch andere Eigenschaften, unter denen besonders mein Bruder, der große Bastler, zu leiden hatte. Wenn Vater etwas brauchte, ging er ungeniert an dessen Werkzeugkasten, wühlte darin herum, bis er den gewünschten Gegenstand fand, zog damit ab und versah ihn mit dem Prädikat »mein«. Wenn mein Bruder nach ein paar Tagen vergeblichen Suchens fragte, ob Vater vielleicht seinen Schraubenzieher gesehen habe, sagte er zu ihm, der die Ordnung selbst war, tadelnd: »Du hast ihn bestimmt wieder irgendwo liegen lassen. Aber ich geb dir gern meinen« und überreichte ihm mit großer Geste den enteigneten Schraubenzieher. »Mein« war auch der Sitz neben dem Kutscher, denn sogar als Gast wäre ihm niemals eingefallen, hinten zu sitzen. Ebenso erging es der Bank am See, die nicht an unserem Anlegeplatz stand, sondern gegenüber im Revier des Vetters, von der man aber einen besonders schönen Ausblick hatte. »Meine Bank« sollte auch Jahre später noch eine Rolle spielen.

Als der Krieg sehr nahe gerückt war, überredete Vater unsere Mutter, sich von einem Treck, der in unserem Dorf eine Pause eingelegt hatte, mitnehmen zu lassen. Sie verabschiedete sich von uns, den ziemlich melancholisch Dreinblickenden, lächelte und sagte: »Na da.« Nach dem Krieg landeten wir zunächst in verschiedenen Orten, fanden aber bald wieder zusammen. Meine Schwester und ihr Mann wohnten auf einem Gutshof in Bayern, und als meine Mutter im Laufe der Jahre etwas hilfsbedürftig wurde, besorgten sie eine kleine Wohnung für meine Eltern ganz in ihrer Nähe.

Vater entwickelte sich zum besten Pfleger aller Zeiten. Er hielt viel von frischer Luft, und seine Freude war groß, als er in einer nahe gelegenen Koppel, die an den Park des Gutes grenzte, eine Bank fand, von der aus man einen herrlichen Ausblick auf die leicht gewellte Landschaft hatte. Deshalb wurde sie auch gern von den Gästen des Besitzers besucht. Eines Tages, als Vater mit unserer dementen Mutter diesen gewohnten Platz erreichte, fand er dort ebenfalls den Blick genießende Gäste. Er steuerte mit unserer Mutter auf die Bank zu, blieb davor stehen, sagte lächelnd: »Das ist unsere Bank«, und wartete, bis die Fassungslosen, die es sich bereits bequem gemacht hatten, zusammenrückten. Danach herrschte für einen Augenblick unbehagliches Schweigen, bis meine Mutter anfing, herzhaft zu lachen und »na da« sagte, was unerwartete Heiterkeit auslöste. Ein junger Mann rannte ins Haus, um eine Decke für sie zu holen, und jemand anders bemühte sich um einen Sonnenschirm. Es war einer jener Frühlingstage, an denen uns die Natur erfreut, mit blühenden Sträuchern, einer leichten Brise, trillernden Lerchen, die so hoch stiegen, dass sie fast hinter den kleinen Wölkchen verschwanden, und friedlich auf der Koppel grasenden Pferden. Es wurde ein ausgesprochen heiterer Nachmittag auf der Bank, und die Gäste versicherten meinem Vater, wie sehr sie sich freuen würden, sie beide am nächsten Tag hier wiederzusehen.

Gewohnheitstiere sind bis heute nicht ausgestorben. Nur sind sie es sicher nicht mehr auf die kauzige Art wie früher. Es wird wohl noch kaum jemand geben wie einen meiner Großonkel, der junge Männer inquisitorisch anblickte und fragte: »Wo haben Sie gedient?« Aber es gibt immer noch genug, um über sie zu lachen oder sich zu entrüsten. Unter den unentbehrlichen Haushaltshilfen gibt es zum Beispiel eine Sorte von Gewohnheitstieren, die von ihrem Staubsauger nicht lassen können. Auf taube Ohren stößt unser Flehen, doch bitte, bitte dieses Gerät nicht für alles was steht, liegt oder hängt zu benutzen, die Wand rauf und runter damit zu fahren, Bücher, Schreibtisch, ja sogar die Ölbilder damit zu traktieren. Verständnislos blicken sie uns tumbe Alten, die wir noch aus der Steinzeit zu stammen scheinen, an, wenn sie hören, dass man für dies und jenes vielleicht doch besser die Hände als Werkzeug benutzen könnte. Auch seien Politiker, die täglich ihre Phrasen dreschen, davor gewarnt, sich in diesem Punkt zu einem Gewohnheitstier zu entwickeln und der verblüfften Gattin zu verkünden »Eins möchte ich dir in aller Deutlichkeit sagen: Ich fahre dieses Wochenende nicht schon wieder zu deinen Eltern!«

Und wie geht es uns Alten als Gewohnheitstier? Leider nicht sehr gut. Es ist der Körper, der uns die schönsten Gewohnheiten vermiest und uns ausgerechnet jetzt als Hochbetagten das liebgewordene Stück Sahnetorte oder den unentbehrlichen Kasten Pralinen – unsere Tröster, wenn es mal so richtig dicke kommt – verbietet, ebenso das »Schlückchen in Ehren«. Jetzt hat der Körper das Kommando und kann sehr ungemütlich werden, wenn wir uns nicht dran halten. So untersagt er mir, den Wochenmarkt regelmäßig zu besuchen, wie seit Jahrzehnten gewohnt, und bestraft mich mit Schwindel, wenn ich nicht auf ihn höre, oder mit Knieschmerzen, denn irgendetwas Gemeines fällt ihm immer ein.

Als Gast bin ich schon lange in die Kategorie »ganz nett« eingestuft. Nun aber bin ich in dieser Rolle, wie ich finde, überhaupt nicht mehr zu gebrauchen. Ich habe also schwere Bedenken, als mich ein mit mir verwandtes Ehepaar anruft und mir vorschlägt, sie doch jetzt bei dem schönen Wetter für ein paar Tage zu besuchen. Aber ich sage trotzdem zu. Der Hausherr holt mich ab. Allerdings ist sein neues Auto, auf das er sehr stolz ist, nicht ganz das richtige für meine Rückenprobleme. Im Gegensatz zu früher hat er für meine zaghafte Bitte, ob vielleicht noch ein Kissen zur Verfügung stehe, großes Verständnis, und sagt: »Ortrud geht's schon genauso.« Auch hat er seinen rasanten Fahrstil abgelegt und haut nicht mehr so auf die Bremse, dass man wie ein Paket nach vorn fliegt. Gott sei Dank erinnere ich mich noch rechtzeitig an die wundervolle Rede, die er an meinem achtzigsten Geburtstag gehalten hat, lang, lang ist's her! Mein Lob freut ihn sichtlich, und so nimmt er meinen Wunsch, das Verdeck zu schließen, wohlwollend zur Kenntnis. »Es zieht wohl«, sagt er mitfühlend. »Ich muss damit auch vorsichtig sein. Bei mir ist es die Schulter.«

Als wir am Ziel angekommen sind, wird mir etwas bänglich, ob das ganze Unternehmen nicht für beide Seiten in einer großen Enttäuschung endet. Aber das Gegenteil ist der Fall. Das umfangreiche Programm, das sie sich für mich ausgedacht haben, fällt ins Wasser, weshalb, habe ich schon wieder vergessen. Die Enkelkinder sind nach der Vorwarnung ihrer Großmutter, in der Mittagszeit leise zu sein, hocherfreut, als ich großzügig sage: »Ihr könnt machen, was ihr wollt.«

Denn taub, wie ich bin, höre ich sowieso nichts. Außerdem bin ich schon lange gewohnt, sehr viel früher ins Bett zu gehen als von den Gastgebern angenommen, so dass der Hausherr kein Opfer bringen muss, sondern das späte Fußballspiel im Fernsehen genießen kann. Die Hausfrau hat sich lauter herrliche aber umständlich zuzubereitende Leckereien ausgedacht, um mich zu verwöhnen, und ist sichtlich erleichtert, dass ich, nur noch an einfache leichte Kost gewöhnt, das meiste davon nicht mehr vertrage. So verläuft der Besuch in voller Harmonie. Man spricht über dies und jenes, aber zu meinem Erstaunen diesmal auch über die inzwischen eingetretenen Zipperlein der Gastgeber und alle Medikamente, die sie dagegen nehmen müssen. Der Abschied wird gekrönt von gegenseitigen wohlmeinenden Ratschlägen für die Gesundheit. Wie mir später zugetragen wird, werde ich jetzt nicht mehr als »ganz nett« eingestuft, sondern bin jetzt in die Kategorie »richtig nett« aufgestiegen. Erfreut nehme ich das zur Kenntnis und denke: »Siehste!« Aber dann muss ich zugeben, dass das unerwartete gegenseitige Verständnis an den Jahren liegt. Das Ehepaar ist nun auch weit über sechzig, der Marsch ins Alter hat begonnen.

Zu unserem Glück ist der Zeitgeist auf unserer Seite. Auch wir Uralten gelten noch als liebenswerte Menschen und sind durchaus noch imstande, uns nicht nur in den Medien Geltung zu verschaffen. »Unsere Uromi ist jetzt im Vorstand des Kleingartenvereins.« – »Ist ja fabelhaft. Aber meine Uromi macht sich auch sehr nützlich und entziffert in Archiven in Sütterlinschrift verfasste Dokumente.«

Zu solchen alten Herrschaften passt es natürlich nicht, sie zur Ordnung zu zwingen. Früher schämten sich Töchter und Schwiegertöchter noch, wenn der Fußboden nicht spiegelblank war und eine gewisse Unordnung herrschte, und hatten große Angst, deswegen ins Gerede zu kommen. Diese Zeiten sind, allemal für uns Uralte, vorbei. Schließlich ist selbst der Nachwuchs nicht mehr von Ordnungswut besessen. In dieser Hinsicht steht also Toleranz an oberster Stelle. »Stimmt das? Der Papagei von deiner Uromi badet zwischen den Goldfischen im Aquarium?« – »Wenn's ihm Spaß macht?« – »Stell dir vor, der Dackel der Urgroßmutter meiner Freundin schläft in der Badewanne.« – »Was spricht dagegen?«

Leider fühlt sich die Ordnung, segensreiche Himmelstochter, auch bei mir nicht mehr sehr wohl. Manchmal herrscht ein ziemliches Chaos, und sollte es eine Hölle geben, ist sie für mich mit herumliegendem Papier vollgestopft. Aber auch die Küche ist nicht gerade ein leuchtendes Abbild der waltenden Hausfrau. So habe ich es mir gerade gemütlich gemacht, meine Beine ruhen auf dem Tisch, und ich bin in einen Artikel vertieft, der mir mein geheimes Ich erklärt und mir helfen will, verborgene Potentiale auszuschöpfen. In diesem Moment klingelt es heftig an der Wohnungstür. Vor mir steht ein frischer junger Mensch aus dem Bekanntenkreis und sagt, er habe gerade Zeit und wolle sein Angebot einlösen, mir beim Aufräumen zu helfen und die Wohnung mal wieder so richtig auf Vordermann bringen. Vor so viel Energie kapituliere ich. Während der junge Mensch putzt, saugt und mit flinken Fingern sortiert, weiß ich schon jetzt, ich werde hinterher nichts mehr an der gewohnten Stelle finden, nichts, nichts, nichts. In diesem Augenblick klirrt es in der Küche. Ein Schälchen hat dran glauben müssen, nichts Wertvolles, aber ein Erinnerungsstück an schöne Zeiten. »Tut mir leid«, sagt mein hilfsbereiter Putzteufel schuldbewusst. Ich lächle freundlich und höre mich sagen: »Na da.«

15 Helfende Hände

Ende des Krieges verwandelte sich der Spruch »Hilf dir selbst, so hilft dir Gott« in »Helft euch gegenseitig«, und helfende Hände gehörten zur Tagesordnung. Manchmal genügte sogar ein kräftiger Schubs. Als wir ein, zwei Tage vor Kriegsende auf der Flucht mit einem munitionsgeladenen Lastwagen in einen Tieffliegerangriff gerieten, und ich nur dasaß und entsetzt auf die züngelnden Flammen neben mir starrte, sagte jemand: »Glotz nicht Mädchen, spring!« und gab mir einen kräftigen Stoß. Aber der Sprung in den Straßengraben war noch nicht die Rettung. Die über Koppeln und Äcker in Richtung eines Wäldchens fliehenden Frauen und Kinder rührten die englischen Tiefflieger nicht. Sie schossen auf alles, was sich bewegte. Ein blutjunger Gefreiter kletterte zurück auf den Führersitz des brennenden Lastwagens und startete. Weit kam er nicht, aber weit genug, um uns vor dem sicheren Tod zu bewahren, als die Munition explodierte und alles in einen riesigen Feuerball verwandelte. Dieser junge Mensch hatte sein Leben für uns Flüchtlinge geopfert, aber uns blieb keine Zeit, das zu würdigen, denn jetzt galt nur die Devise »Rette sich wer kann«. Erst sehr viel später, als der Krieg vorbei war, erinnerte ich mich, wem wir damals unser Leben verdankt hatten, und ich habe den jungen Gefreiten bis heute nicht vergessen.

Unmittelbar nach dem Krieg, als die Menschen auf der Suche nach Angehörigen und den notwendigen Dingen des Lebens ständig unterwegs waren, geriet man gelegentlich in etwas, was die Besatzungsmacht eingeführt hatte: die Sperrstunde, in der man sich nicht mehr auf der Straße aufhalten durfte. Das passierte auch mir. Dem einschließlich des Daches vollgestopften Zug ging mangels Kohlen die Puste aus, und er hielt am nächstmöglichen Bahnhof. Wie immer in solchen Situationen regnete es in Strömen. Wer Glück hatte, fand noch Unterkunft im Wartesaal. Ich schien es nicht zu haben. Der kleine Raum war mit Menschen, die dort kreuz und quer auf dem Fußboden lagen, und ihrem Gepäck so überfüllt, dass keine Handbreit Platz für mich mehr übrigblieb. Als ich grade aufgeben wollte, winkte mir jemand. Vorsichtig stieg ich über Rucksäcke und Schlafende und stand vor einem Schwerbeschädigten, dem beide Beine fehlten. Er deutete mit einem Lächeln auf den Tresen und den Hohlraum zwischen Unterkante und Fußboden. Dann sagte er: »Wie geschaffen für mich!«, und ehe ich ihm widersprechen konnte, war er, sich wie ein Aal windend, hineingekrochen, und sein Platz war frei.

So kommt Hilfe oft von unerwarteter Seite, und das galt auch damals für meine Familie und mich, darunter von einem eben aus der Kriegsgefangenschaft entlassenen SS-Obergruppenführer, einem Juden, einem Ukrainer, der Frau eines Hausmeisters und besonders in meinem Fall von Fabrikarbeiterinnen aus dem Rheinland, die wie ich an Tuberkulose litten und sich während der Kur meiner annahmen.

Jetzt, wo ich selbst zu den Uralten gehöre, überlege ich mir oft, wie jene Jahrgänge, die im und nach dem Krieg achtzig Jahre und älter waren, das viele Hin und Her, Hunger und Kälte, ja den ganzen Schlamassel überhaupt durchgestanden haben. Damals machte ich mir über alte Menschen keine Gedanken, heute aber erwarte ich von der jüngeren Generation selbstverständlich das Gegenteil. Jetzt aber ist das Thema Alter ja in aller Munde und kann es fast mit dem Jugendkult aufnehmen. Was tut man nicht alles, um das Leben im Alter zu erforschen und es möglichst durchsichtig zu machen. Doch das Kostbarste für Jung wie Alt sind nach wie vor die helfenden Hände, auch wenn wir sie als mal mehr, mal weniger hilfreich empfinden. Neben den vielen Vereinen, die es sich zur Aufgabe gemacht haben, überall, wo es nottut, einzugreifen, gibt es glücklicherweise den Mitbürger, der sich seines Nächsten annimmt. Da steht an erster Stelle der Uneigennützige, den man nicht lange bitten muss, während uns der mit den klugen Worten lieber mit Rat als mit Tat zur Seite steht, und, wenn es wirklich mal auf praktische Hilfe ankommt, leider überhaupt keine Zeit hat, ja sogar den Vorwurf hören lässt: »Wenn du mir das früher gesagt hättest!« Das aber können wir im hohen Alter leider oft nicht mehr, denn unser Körper pfeift darauf, sich nach Ferien, Wochenenden oder Feiertagen zu richten. Im Gegenteil, er liebt es geradezu, zu Zeiten Schwierigkeiten zu machen, wenn die Arztpraxen geschlossen sind und der Notarzt mehr von Zähnen als von Herzinfarkten versteht.

Die Bürger mit den klugen Worten haben meist viel Schlaues über das Alter gelesen, im Radio gehört oder im Fernsehen gesehen und möchten es unbedingt an uns weitergeben, nämlich die Weisheit, wie sehr sich der Mensch im Alter verändert und wie schwierig überhaupt das Leben wird. Das wissen wir zwar selbst, sind aber dann doch neugierig darauf, ob es vielleicht etwas ganz Neues gibt, das einige der vielen Zipperlein, die uns mit zunehmendem Alter plagen, verhindern kann. Was wir zu hören bekommen, ist ganz etwas anderes. Sie erzählen uns, dass es in vielen Ländern, ja vielleicht auch schon in der Bundesrepublik für junge Leute und vor allem für das Pflegepersonal in den Heimen ein Einfühlungstraining gibt, damit ihre helfenden Hände rechtzeitig lernen, mit uns umzugehen, und sie selbst sich ein Bild davon machen können, was auch auf sie früher oder später zukommt. In solchen Momenten lächeln wir und sagen: »Na hoffentlich!« Aber da kommen uns die Ratgeber gleich mit dem Alterssimulationsanzug, der alle Bewegungen beschwerlich mache, und den Trainingsteilnehmern das Gefühl geben solle, wenigstens dreißig bis vierzig Jahre älter zu sein. Dazu gehöre dann auch eine getönte Brille, die den im Alter entstehenden grauen Star simuliere. Allerdings stecke die Entwicklung dieses Trainingszubehörs noch in den Kinderschuhen, müssen die klugen Ratgeber gestehen.

Verlassen wir uns also lieber wieder auf die uns bekannten helfenden Hände. Aber erwarten wir nicht zu viel. Wer noch einigermaßen zugange ist, sollte die Bitte um Hilfe ebenso vorsichtig dosieren wie der Arzt ein Medikament, denn Geduld, Verständnis und Respekt nutzen sich schnell ab, und man bekommt zu hören: »Nu mal los, Oma.«

Es ist eine Kunst für sich, auch in schwierigen Situationen andere dazu zu bewegen, etwas außerhalb ihrer Pflichten für einen zu tun. Leider bringt uns dabei unser Erfahrungsschatz, mit dem wir gern prahlen, auch nicht viel weiter, denn viele Erfahrungen sind längst überholt. So gab es in meiner Jugend und in der Verwandtschaft zahlreiche zu alten Damen gereifte Tanten. Eine von ihnen, die gern ihre Tage auf dem Sofa verbrachte, besaß die große Kunst, junge, etwas tollpatschige Nichten als fleißige Hilfskräfte mit Lob heranzulocken. Gelobt zu werden kannten diese jungen Dinger nämlich nicht, jeder Handgriff, den sie freiwillig im Elternhaus neben ihren Pflichten taten, wurde mit dem Wort »selbstverständlich« bezeichnet. Nun wirkt Lob als Lockmittel in der heutigen Zeit nur noch wenig. Ein Kind wird heutzutage reichlich gelobt, dazu genügt schon das Auspusten einer Kerze. Leider können wir Alten auch den damals sehr von mir bewunderten Trick eines inzwischen zum gutverdienenden Familienvater gereiften Sohnes von Freunden nicht mehr ohne weiteres anwenden, um helfende Hände für uns tätig werden zu lassen. Dieser junge Mann war ein besonders chaotisches, mit durchlöcherten Socken herumlaufendes Kerlchen. Aber als er eine eigene Wohnung hatte, brachte er es im Handumdrehen fertig, seine mehr als verschlampten Zimmer in Ordnung bringen zu lassen, ohne einen Pfennig dafür auszugeben. Seine ebenfalls sehr junge Nachbarin litt, im Gegensatz zu ihm, an chronischem Liebeskummer. Wenn er sie also auf dem Flur traf und bei ihm mal wieder dringend geputzt werden musste, fragte er teilnehmend: »Geht's denn heute ein bisschen besser?« – und schon flossen die Tränen. Das war für ihn der richtige Augenblick, ihr vorzuschlagen, doch kurz rüberzukommen und bei einem Gläschen Wein über alles vernünftig zu reden. Das von Liebesschmerz zernagte Mädchen folgte seinem Vorschlag sofort, und während sie ihm ihr Herz ausschüttete, brachte er sie unauffällig dazu, die gesamte Wohnung von oben bis unten zu putzen. Sie tat es sogar gern und fühlte sich keineswegs ausgenutzt, denn seine blumigen Sprüche gaben ihr das Gefühl, in tiefster Seele verstanden zu werden, und sie schrubbte sich ihren Kummer vom Leibe, was das Zeug hielt.

Diesen therapeutischen Kunstgriff kann ich leider nicht mehr anwenden. Ein junger Mensch, der das unwiderstehliche Bedürfnis verspürt, sein Herz auszuschütten, braucht dazu nicht mehr seinen Nachbarn. Er sucht sich seinen Gesprächspartner im Internet. Dort lernt er lauter verständnisvolle Menschen kennen, die das gleiche Schicksal wie ihn getroffen hat, so dass man sich gegenseitig trösten kann. Aber ganz ungefährlich ist das nicht, jedenfalls für Mädchen, wie man den Medien entnehmen kann. Dort erfahren wir gelegentlich, dass sie beim ersten Treffen mit ihrem Tröster im Rotlichtmilieu landen oder sogar einem lange gesuchten Triebtäter in die Hände fallen. Dagegen war das Schreckgespenst meiner Mädchenjahre, vor dem man uns gar nicht eindringlich genug warnen konnte, für heutige Begriffe mehr als harmlos, nämlich der Zopfabschneider, der anderes Böse auch nicht im Sinn hatte, aber für uns war seine Tat schon gruselig genug. Obwohl in aller Munde, kenne ich niemanden, der mit ihm in Berührung gekommen wäre. Abgesehen von einer mit blühender Phantasie ausgestatteten gleichaltrigen Cousine, die bei uns zu Gast weilte, und behauptete, diesem Unhold beim Pilzesammeln begegnet zu sein. Jedenfalls hätte sich jemand an ihrem Kopf zu schaffen gemacht, und danach war die Schleife auf ihrem Kopf verschwunden. Wir Geschwister tauschten vielsagende Blicke. Vater sagte in leicht ungeduldigem Ton: »Iss Kind, iss. Wir wollen nicht noch bis Mitternacht hier sitzen.« Nun, der Zopfabschneider war es nicht, der sich der Schleife des Cousinchens bemächtigt hatte. Wie sich später herausstellte, war es eine angriffslustige Krähe gewesen, die mit dieser Schleife ihr Nest verschönern wollte.

Später, als wir uns nichts mehr wünschten als

einen schnittigen Bubikopf, den unsere Väter uns strikt verboten, hofften wir, dem Schreckgespenst unserer Kindheit einmal zu begegnen, aber leider vergeblich.

16 Nachwort

Was kann man im hohen Alter vom Leben noch erwarten? Nur wenige von uns sehr viel. Es sind jene seltenen Exemplare, die noch nie einem Arzt die Hand gedrückt haben, alles in sich hineinstopfen können, was ihnen schmeckt, sich im Internet spielend zurechtfinden, im Dauerlauf an einem vorbeijagen, am Steuer ihres Autos weite Strecken zurücklegen und sonst wohin reisen. Ganz anders der durchschnittliche alte Bürger. Es zwickt ihn hier, es zwackt ihn da, und er kommt zu der bitteren Erfahrung, um Fontane zu zitieren: »Es ist mit uns nicht so viel, wie wir glauben.« Diese Erkenntnis hat aber auch gleich etwas Beruhigendes. Verantwortung wird von uns jetzt nicht mehr erwartet, sondern eher Vernunft, an der es, wie es die Umgebung findet, im hohen Alter allerdings immer mehr mangelt. »Du isst schon wieder Schokolade trotz deiner hohen Zuckerwerte? Ich hätte dich wirklich für vernünftiger gehalten.« Natürlich gibt es auch hin und wieder unter der Prominenz Persönlichkeiten, die wir voller Neid bestaunen, wie unseren ehemaligen Bundeskanzler Helmut Schmidt, der noch ohne Schwierigkeiten sogar auf Englisch Reden halten kann und dessen Gedächtnis anscheinend ganze Geschichtsbücher gespeichert hat, während mein Spatzenhirn in diesem Punkt völlig versagt und nur merkwürdige Sprüche zutage fördert. Sie stammen von vier Studenten, Nachrichter genannt, die sich Anfang der dreißiger Jahre mit ihren Texten erfolgreich ihr Studium verdienten. So zum Beispiel: »Heinrich der VIII., der wusste, was er machte. Herr Heinrich hielt den Weltrekord im legitimen Gattenmord.« Oder zum Trojanischen Krieg: »Gib her den Speer Penelope und weine nicht so sehr, wenn ich im Herbst dann wiederkehr, dann weinst du noch viel mehr.« Ein wunderbarer Nonsens, mit dem aber heute kaum jemand etwas anfangen kann.

Ebenso bewundernswert ist für mich auch unser Finanzminister Wolfgang Schäuble, der in jüngeren Jahren Opfer eines Attentäters wurde und seitdem im Rollstuhl sitzt, doch trotz seiner Behinderung bei so gut wie keiner

Besprechung fehlt und sich seine Beschwerden nicht anmerken lässt, ja sogar gelegentliche Krankenhausaufenthalte so kurz wie möglich hält. Das zeigt, was für ungeahnte Kräfte in einem angeschlagenen Körper schlummern. Deshalb kann für uns, ob alt oder jung, ein behinderter Mensch, der sein Leben mit eiserner Energie so meistert, ein Vorbild sein. Aber ich finde auch, dass ihnen wie uns Alten gegenüber mehr Verständnis gezeigt wird als vor fünfzig Jahren, wo es durchaus noch passieren konnte, dass ein querschnittsgelähmter junger Mann im Mehrbettzimmer eines Pflegeheims für alte Männer landete, die dort auf das Ende ihres Lebens warteten. Ebenso finde ich bei genauem Hinsehen, dass die Jugend von heute, trotz der starken Ablenkung durch den ganzen neuen technischen Kram, keineswegs gleichgültiger gegenüber menschlichem Leiden ist als wir es in ihrem Alter waren, die wir im Krieg täglich damit in Berührung kamen. Allerdings waren wir schließlich so an die vielen Todesmeldungen und die Schwerverwundeten in unsern Familien- und Bekanntenkreisen gewöhnt, dass wir wie auch die Fronturlauber die immer wieder vom Staat angeordnete Volkstrauer mit ihrem Tanzverbot als Zumutung empfanden und heimlich an Orten, wo die Nachbarn möglichst nichts mitkriegten, unsere Tanzfeste trotzdem veranstalteten.

Unsere Eltern und Großeltern haben sich dem Alter gegenüber viel gelassener gezeigt als wir es jetzt tun. Sie waren weniger anspruchsvoll und daher geduldiger. Die Qual der Wahl – Heim, betreutes Wohnen, zu Hause bleiben oder zur Familie ziehen – gab es für sie nicht. Sie mussten sich mit den Gegebenheiten arrangieren, und das war die Verwandtschaft. Natürlich war das enge Zusammenleben mehrerer Generationen nicht immer die reine Freude, vor allem für die Armen mit winzigen Wohnungen und so wenig Platz, dass nicht einmal jedes Kind ein eigenes Bett haben konnte. Kaum anzunehmen, dass das sowieso schon leicht angespannte Verhältnis zwischen Schwiegertochter und Schwiegereltern sich nun in liebevolle Pflege verwandelte. Aber Pflicht war nun mal Pflicht! Und dass man sie erfüllte, dafür sorgte schon die alles beäugende Nachbarschaft. Dazu steckte die Medizin aus heutiger Sicht noch in den Kinderschuhen, und für die Hauspflege gab es wenige Hilfsmittel wie etwa ein verstellbares

Bett. Wer im Krankenhaus landete, musste sich nach einer Operation nicht nur von dem Eingriff, sondern auch von der Narkose erholen. Und mit der Hygiene war es auch bei kleinen Eingriffen nicht allzu gut bestellt. Einer meiner zahlreichen Onkel starb bereits in jungen Jahren, nachdem man ihm einen Zahn gezogen hatte. Das Alter ist also für keine Generation ein Zuckerlecken gewesen, und bei uns jetzigen Uralten, die meinen, aus hartem Holz geschnitzt zu sein, ist mit dem Wohlstand auch die Empfindlichkeit gewachsen. Darüber, dass man früher noch dankbar war, wenn man im Krankenhaus ein Zimmer mit fünf Patienten teilte, und nicht einen Saal mit zwanzig erwischte, können wir heute nur ungläubig staunen.

Unsere Erfahrungen, die wir im hohen Alter machen, sind für die Katz. Selbst ein rüstiger Fünfundsiebzigjähriger kann sie noch nicht nachvollziehen, und man bekommt prompt zu hören: »Deine Sorgen möchte ich haben!« Unsere artige Antwort: »Da hast du sicher recht« wird zufrieden zur Kenntnis genommen: »Na siehste, klare Worte sind immer noch die beste Medizin!« In solchen Momenten ist es von

Vorteil, nicht etwas Spitzes, Scharfes in Greifweite zu haben.

Egal, wie frühzeitig wir uns die Jahre, die uns noch bleiben, gestalten wollen, sie tragen auf jeden Fall die Überschrift »Es kommt immer anders als man denkt« oder »Immer macht man alles falsch«. Es ist egal, wofür man sich entscheidet, das rechtzeitig gewählte Heim ist inzwischen in andere Hände übergegangen, hat eine neue Leitung bekommen und mit ihr, wie man hört, ziemlich zusammengewürfeltes Personal, so dass die alten Freunde, die man dort antreffen wollte, wieder ausgezogen sind. Wer in seinen eigenen vier Wänden hocken bleibt, ist dort ebenfalls vor Überraschungen nicht sicher. Abgesehen davon, dass im Laufe der Jahre sich oft verkrümelt hat, was sich bis dahin hilfreich zeigte, weil plötzlich von eigenen Schicksalsschlägen getroffen, muss man in Kauf nehmen, dass dort, wo gegenüber jahrelang eine prächtige Buche unser Auge erfreute, von heute auf morgen eine Baustelle entsteht, was mächtig staubt und mit viel Geräusch verbunden ist. Aber auch der Entschluss, den Lebensabend in der Familie zu verbringen, bedeutet nicht die Garantie dafür, dass man den Rest des Lebens geborgen bleibt. Abgesehen von kleinen Misslichkeiten – der Urenkel ist zum zweiten Mal sitzengeblieben, die Urenkelin ist vom Rad gestürzt, der über alles geliebte Hund verschwunden –, kann man auch hier nicht damit rechnen, von Veränderungen verschont zu bleiben: Der Hausherr wird unerwartet von seiner Firma ins Ausland versetzt, und der Haushalt muss aufgelöst werden; oder, womit niemand gerechnet hat, die Enkel lassen sich scheiden, und es gibt jede Menge Streitereien, wer was und wieviel an Lebensunterhalt für die Kinder zu zahlen hat.

Was also tun, um sich vor dem Alter nicht zu fürchten? Am besten, man nimmt sich einen alten Schlager zu Herzen: »Tunse so, als war nischt, tunse lieber gar nischt, stellense sich dumm«, oder macht sich den Satz einer der Beatles zu eigen: »Das Leben ist nicht das, was wir von ihm erwarten, sondern das, was uns passiert.«